D1730926

jutta haar

haarige zeiten

jutta haar

haarige zeiten

heiter-satirische kurzgeschichten

Projekte-
Verlag
Cornelius GmbH

Impressum

1. Auflage
© Projekte-Verlag Cornelius GmbH, Halle 2009 • www.projekte-verlag.de
Mitglied im Börsenverein des Deutschen Buchhandels

Satz und Druck: Buchfabrik Halle • www.buchfabrik-halle.de

ISBN   978-3-86634-694-9
Preis: 12,50 EURO

Inhalt

1. FERNKOMMUNIKATION

Er fand es unfair. Wenn sie nicht richtig lesen konnten, war es doch nicht seine Schuld! Hurtige Gazelle hatte alles vorschriftsmäßig gemacht, die nassen Grassoden auf das Feuer geworfen, den aufsteigenden Qualm in den richtigen Abständen mit einer Decke unterbrochen, und als sich dann eine wunderschöne große, runde Wolke bildete, hieß es ganz eindeutig, dass vielpfundige Aubergine gestorben war. Wie konnte die nicht betroffene entfernte Verwandtschaft daraus lesen, dass ein Büffel gebraten wurde und man sie dazu einlud?

Und was war damals schrumpeligem Adler passiert? Er wollte nur seinen Sperrmüll verbrennen. Kurz darauf rückte ein grässlich bemalter Stamm mit Pfeil und Bogen an, weil er das für eine Kriegserklärung gehalten hatte.

Das Problem von Ovamba Ovombo in Afrika war ähnlich. Er hatte auf die große Trommel gehauen, um den Nachwuchs der dicken Ovomaltine anzukündigen. Nun starrten ihn zu seiner Überraschung tausend hungrige Mäuler an, weil man meinte, der dort weilende fremde Missionar solle endlich verspeist werden.

Um nun solche lästigen Fehler in der Fernkommunikation auszuschalten, suchte alle Welt nach Verbesserungen. Aber nur manchmal lag das Ergebnis so nahe wie im folgenden Fall:

Eines Tages, von der Suche müde, legte sich Samuel in Amerika in sein Gärtlein, um dort ein Stündchen auszuspannen. Es war wunderbar. Doch plötzlich kam ein frühlingstrunkener Specht und hämmerte ununterbrochen heiße Liebesschwüre in einen bebenden Baumstamm.

„Hau ab", schrie Samuel, „sonst kriegst du was auf den Mors!"

Der Specht dachte nicht daran, im Gegenteil, er hämmerte wütend zurück. Das war die Geburt des Morsealphabets von Herrn Samuel Morse.

Der Lehrer Bell fand diese Erfindung zwar prima, aber da seine Mutter außerordentlich schwerhörig war, seine Frau taub und seine Schüler taubstumm, brauchte er ab und zu jemanden, mit dem er mal richtig klönen konnte. Dafür baute er sich, weil es nichts Besseres gab, extra einen Apparat. Der war tierisch gut und ist uns bis heute noch unter dem Namen Telefon bekannt.

Doch nichts ist perfekt für alle. Wenn die junge Adelheid den fernen Geliebten am Telefon fragte: „Liebst du mich wirklich?", und er antwortete mit „Ja, natürlich!", schwebte sie zwar im siebten Himmel, aber das reichte gerade für ein paar Stunden. Dann musste Adelheid sich erneut vergewissern. Um nun solche wichtigen Informationen schwarz auf weiß zu haben, wurden irgendwann Telexe erfunden. Die tickerten rein und raus, Ankommende hatten Vorfahrt! Die löcherigen gelben Streifen ringelten sich im hitzigen Business-Alltag um Beine, Bauch und Bürostühle. Ja, eben das war das Problem: Die Fernschreiber standen nur in den Firmen. Wenn dann Adelheid privat dazwischentickerte und der säumige Lieferant erhielt im Eifer des Gefechts den Ich-liebe-dich-Text, kam es zu unvorhergesehenen Folgen.

Als gefeierte Weiterentwicklung folgte das Fax, das meistgekaufte Gerät der Gauner und Heiratsschwindler. Das Fax mit der raffinierten Thermorolle, die Zahlen, Daten, Liebesversprechen mit der Zeit bis zum „Siehst-mich-nicht-mehr" verblassen ließ. Jetzt, wo das Fax mit normalem Papier benutzt werden kann, rangiert es beinahe schon unter „ferner liefen". Denn nun ist alles noch schneller, dafür aber auch wesentlich privater.„Stell dir vor", sagte eine ältere Dame vor Kurzem freudestrahlend zu mir: „Ich habe heute einen Emil bekommen!" „E-Mail!", korrigierte ich.

„Ja, habe ich doch gesagt, Emil!"

Am nächsten Tag klopften zwei Emils bei ihr an und in der Woche drauf zehn!

Mir geht es so ähnlich: Ich mache einmal den Computer an und jede Menge Emils stehen vor der Tür. Und ich muss sagen, manche davon haben's in sich, haben irgendwelche Scheußlichkeiten im Rucksack versteckt und lassen sich teilweise nur mit viel Mühe aufhalten. Aber die lieben Emils, die guten – man bearbeitet sie, dann schickt man sie wieder weg. Doch je schneller man sie wegschickt, umso schneller kehren sie wieder zurück. Unterwegs scheinen sie auch noch andere zu treffen und die munter einzuladen: „Kommt doch einfach mit!" Und die tun das auch. Dann, in kürzester Zeit, sind es doppelt so viele wie vorher!

Bald werden sich die Emils in meiner Hosentasche tummeln, auf meinem Handy, und mich irgendwann durchs Videotelefon belästigen. Das auch noch! Da kann ich nur sagen: „Nee, das ist zu viel, lass mich mit all den Emils in Ruh!"

Und jetzt gehe ich in meinen Garten. Dort fange ich an zu grillen. Zuerst werfe ich ein paar feuchte Grassoden auf das Feuer, dass es qualmt und meinen Freunden ein Zeichen gibt. Ein Zeichen ist, wie jeder weiß, ein Bit, und dieses Bit sagt: „Bitte kommt rüber und bringt Würstchen mit!" Dann schütte ich Kohlen auf und mache ein richtig schönes Feuer; durch diese Firewall kommt kein bösartiger Emil. Wenn dann die ersten Würstchen brutzeln, weiß ich, dass hurtige Gazelle damals am Anfang wirklich alles richtig gemacht hat und dass früher die Kommunikationsmittel vielseitiger waren – oder haben Sie schon einmal auf einem Laptop ein Würstchen gegrillt?

2. DER ERSTE EINDRUCK

„Guten Abend, meine Damen und Herren, da Sie zwar alle die erforderliche Qualifikation für Ihren Beruf mitbringen, aber bisher leider keine Festanstellung gefunden haben, hat Ihnen das Arbeitsamt einen Kursus empfohlen, um Ihre Chancen auf dem Stellenmarkt zu erhöhen. Ich bin Helga, ich freue mich, dass Sie da sind, und möchte Ihnen Folgendes bewusst machen: Neben Qualifikation und Kompetenz entscheidet im Job der optische Gesamteindruck. Der erste Eindruck ist entscheidend. Je kürzer der Auftritt, desto wichtiger die Form.

Stellen Sie sich vor: Sie sitzen in einem Callcenter, bekleidet mit einem netten Hosenanzug und reden mit dem Kunden. So, wie Sie gekleidet sind, so fühlen Sie sich auch, und das überträgt sich auf die Wirkung nach außen. Wenn Sie in dem Callcenter nackt sitzen, wird ihr Gespräch mit dem Kunden sicherlich ganz anders verlaufen.

Wir machen es heute so: Sie erzählen mir, wofür Sie sich bewerben möchten, und ich helfe Ihnen, die passende Kleidung auszuwählen, denn eine erfolgreiche Bewerbung beginnt vor dem Kleiderschrank.

Frau Bichelberg, Sie sind Arzthelferin. Also, was würden Sie anziehen, wenn ein praktischer Arzt Sie zu einem Vorstellungsgespräch einladen würde?"

„Ja, also, ich denke, eine dunkelblaue Hose, eine hellblaue Bluse und einen karierten Blazer!"

„Frau Bichelberg, das ist genau der Punkt. Das hört sich nett an, ist aber falsch, ganz falsch! Sehen Sie, Sie wollen doch mit dem Arzt zusammenarbeiten, dann müssen Sie auch Interesse an seiner Arbeit zeigen und ihm das auf den ersten Blick klarmachen. Also, mein dringender Rat für Ihre Zukunft: Tragen

Sie harmonisch abgestimmte Kleidung in den Farben Halsschmerzrot, Streptokokkenweiß und Eitergelb. Der Arzt wird entzückt sein und Sie vom Fleck weg engagieren.

Wenn Sie Schornsteinfeger sind, ist das klar: ganz einfach schwarz, und wenn Sie z. B. Richter beim Bundesverfassungsgericht oder Kardinal in Rom werden wollen, hängen Sie sich etwas Rotes um und – ja bitte, Herr Meier?"

„Ich bin Kapitän!"

„Auch ganz einfach, da gibt es Spezialhosen, linkes Hosenbein rot, rechtes grün, so kann der Reeder sofort Zutrauen zu Ihnen fassen, weil er sicher sein kann, dass Sie nie Steuerbord und Backbord verwechseln.

Jetzt zu Ihnen, Frau Wiedemann."

„Ich bin Köchin."

„Inzwischen haben Sie schon einiges gehört. Wollen Sie es mal allein probieren?"

„Ja, mh, vielleicht ein T-Shirt in Croissantbraun?"

„Croissantbraun, gut!"

„Eine Strickjacke in Haxenbraun."

„In knusprigem Kalbshaxenbraun, weiter!"

„Und einen Rock in Thüringer Bratwurstbraun."

„Hervorragend, welche Schuhe dazu?"

„Leichtlaufschuhe in warmem Margarine- oder Omelettgelb."

„Frau Wiedemann, das war spitze! Allerdings habe ich noch eine kleine Anmerkung: Wenn Sie sich als Diätköchin bewerben, sollten Sie Ihre Ernährung, pardon, Ihre Kleidung umstellen. Vielleicht ziehen Sie statt der Strickjacke in Haxenbraun lieber ein weniger appetitanregendes brei- oder magerquarkfarbenes Oberteil an.

Na, da haben Sie doch schon etwas gelernt! Kommen wir aber zum nächsten Punkt. Farbe ist etwas Schönes, doch weniger Farbe im Job ist meistens mehr! Allerdings gibt es da Ausnahmen, z. B. bei einem der gefährlichsten und unfallträchtigsten Berufe überhaupt, dem des Fensterputzers. Mit unserem

Job verbringen wir die meiste Zeit des Tages, umso wichtiger ist es, dass wir uns wohl fühlen in unserer Haut. Aber nicht nur wir, sondern die anderen in unserem Beisein auch. Und gerade als Fensterputzer sollten Sie farblich richtig aus sich herausgehen. Es könnte ja sein, dass Sie von anderen auf Ihrem ungewollt schnellen Weg nach unten gesehen werden. Es ist doch sicher für den sensiblen Betrachter ganz etwas anderes, wenn statt eines düsteren, schmutziggrauen Arbeitsanzugs ein beruhigendes Blaugrün oder spannendes Nervenkitzelrot am Fenster vorbeisaust. Und gerade auch da gilt: Überzeugen Sie die Menschen in den ersten Sekunden, machen Sie die Menschen neugierig auf sich!"

„Aber: Wie soll ich das bloß machen?"

„Herr Schneider?"

„Ich war ja nicht einmal zwei Minuten beim Vorstellungsgespräch. Ich habe nicht einmal Platz genommen. Nicht einmal drei Worte und schon wieder draußen! Dabei haben sie mich doch wegen meiner guten Zeugnisse eingeladen!"

„Welchen Beruf haben Sie?"

„Ich bin Betriebswirt."

„Jetzt, meine Damen und Herren, kommen wir zu einem schwierigen Bereich, dem großen Bürofeld, möchte ich einmal sagen, kurz, zu Arbeitnehmern, die irgendwo im Büro arbeiten, ob in Banken, Versicherungen, in der IT-Branche, als Anlageberater, Buchhalter usw. usw.

Herr Schneider, was hatten Sie denn damals zur Vorstellung an?"

„Einen blauen Anzug."

„Kein Wunder, da haben wir es ja schon."

„Wieso?"

„Blauer Anzug ist der absolute Fehler. Sehen Sie, es ist wie bei den Zeugnissen, sieht alles ganz nett aus, aber es gibt eine eigene Sprache, die nur Eingeweihte kennen. Und da ist ein blauer Anzug so ziemlich das Schlimmste, was Sie anziehen konnten."

„Verstehe ich nicht."

„Bedenken Sie die Assoziationen: blau sein, blaumachen, blauer Montag, Blaufußtölpel!"

„Ach so, aber ich war auch mal in einem grauen Anzug ..."

„Was für ein Grau?"

„Grau halt."

„Nein, so einfach ist das nicht, Herr Schneider, es gibt fünfhundert verschiedene Grautöne ... Kellerasselgrau, Wildschweingrau, Monstergrau, Theoriegrau usw. usw. Denken Sie daran, Ihre Kleidung ist Ihre Visitenkarte. Wahrscheinlich war Ihr Grau ein Eselsgrau oder gar grobes Leberwurstgrau, das kann ja nicht funktionieren! Aber ansonsten ist Grau hervorragend, neutral und lässt sich gut kombinieren, z. B. mit einem ökologisch wertvollen Oberhemd in Dottergelb oder Euterpink. Mit Gelb müssen Sie ein bisschen vorsichtig sein. Wo früher die gelbe Flagge wehte, wütete die Pest, und kein Personalchef wird jemanden einstellen, der z. B. Safrangelb trägt. Das gilt als Farbe der Wollust und könnte den geregelten Ablauf des Büroalltags stören.

Ja, nun sind Sie dran! Holen Sie das Beste aus sich und Ihrem Kleiderschrank heraus! Gutes Aussehen bringt bei gleicher Qualifikation bis zu fünf Prozent mehr Gehalt, ergab die Studie einer Universität in Texas. Und deshalb hier nun, Herr Schneider, das ideale Outfit für ein erfolgreiches Vorstellungsgespräch im Businessbereich:

Anzug in dezentem Mobbinggrau, lila Hemd, das wirkt verantwortungsbewusst, denn Lila schützt vor Schwangerschaft. (Auch für werdende Väter ist die Arbeit zweitrangig, wenn das Baby ruft.)

Also, ich wiederhole: Anzug in Mobbinggrau, Hemd in Verhütungslila und dazu eine elegante Krawatte in Expansionsrot, Socken in friedlichem Heuschreckenbraun, Schuhe in kämpferischem Hornissengelb und auf jeden Fall ein wachstumsfreundlicher Gürtel mit vielen Löchern.

Tragen Sie außerdem Unterwäsche in schmeichelndem Schleimgrün, und scheuen Sie sich nicht, diese hier und da herausblitzen zu lassen. Ich garantiere Ihnen, Sie werden sofort die Aufmerksamkeit jeder Personalabteilung auf sich ziehen. Alles Gute und vergessen Sie nie: Der erste Eindruck ist entscheidend!"

3. WEINKAUF

„Guten Tag, meine Herrschaften, was kann ich für Sie tun?"

„Wir hätten gerne einen Wein ..."

„... zum Feiern oder zum Vergessen?"

„Eigentlich zum Verschenken!"

„Aha, und was würde Ihnen denn so gefallen, ein Fläschchen aus Deutschland, Frankreich oder vielleicht aus Australien?"

„Das ist egal, Hauptsache gut, wir wollen uns ja nicht blamieren!"

„Ich schlage vor, Sie machen eine kleine Weinprobe, und wenn Ihnen ein Wein sofort gut schmeckt, ist das einer, der Sie glücklich machen kann."

„Mir schmeckt eigentlich jeder Wein."

„Nehmen Sie doch mal ein Schlückchen von diesem, das ist ein moderner, exquisiter Wein, der fruchtige Akzente setzt und sogar die Winzerpersönlichkeit durchschmecken lässt. – Na, was schmecken Sie?"

„Tja, ich glaube: Halbglatze, Gummistiefel und er sitzt auf dem Trecker!"

„Hervorragend, aber wir können Ihnen ja noch mehr bieten, wie gefällt Ihnen dieser: ein Sancerre, ein weißer Franzose. Am Gaumen präsentiert er sich pikant und vielfältig mit Anklängen an Schiefer und Mirabellen."

„Schieeeeefer am Gauuuuumen? – Nee, dann doch lieber Gummistiefel!"

„Ach, hier ist auch noch etwas Schönes: ein trockener Weißer aus Italien. Frisch, spritzig und zugleich gehaltvoll. Bestens interpretierte Säure und ein sehr fruchtiges Finish ..."

„Finish??? Was meint er damit, Hans-Dieter?"

„Wenn der Wein den Magen verlässt!"

„... dazu kommt ein Finessenreichtum, ein hochkomplexer Duft, der bis zum würzig impulsierenden Finale nicht nachlassen will!"

„Noch komplexerer Duft beim würzig impulsierenden Finale? – Mein Gott, wer soll denn so was aushalten?"

„Möchten Sie einmal probieren?"

„Nein, ich glaube, den lieber nicht!"

„Aber diesen hier, den werden Sie gern haben: den beliebten, viel getrunkenen Pinot Grigio. Passt sich jeder Gelegenheit an!"

„Auch beim Tanken und beim Fußball, oder wie?"

„Für jeden Tag, zum Essen oder einfach nur so!"

„Nur so ist gut, nicht?"

„Ein unkomplizierter Wein, den man jederzeit öffnen kann!"

„Wieso, kann man die anderen nicht jederzeit öffnen? – Unser Korkenzieher ist aber noch ganz gut, erst fünf Jahre alt!"

„Nein, nein, gnädige Frau, so ist das nicht gemeint, aber sehen Sie mal, hier habe ich noch ein leckeres Tröpfchen: einen Müller-Thurgau mit einer hübschen Kaltgär-Bonbon-Nase!"

„Kaltgär-Bonbon-Nase?????"

„Darf ich Ihnen einschenken?"

„Nee, nee, nachher krieg ich auch noch so eine!"

„Wie Sie meinen! – Aber wie wär's mit einem dropsigen Chardonnay!"

„Bloß nicht, dropsig macht mopsig!"

„Tja, dann müssen wir mal sehen, ob wir bei den Roten etwas für Sie finden."

„Es ist ja gar nicht für uns, wir wollen den ja verschenken!"

„Ach, dieser! Ein herrlicher Rotwein aus Italien, aus der derzeitigen Trendrebsorte Primitivo!"

„Primitivo? Das geht nicht, das muss schon etwas Besseres sein, was sollen die Leute sonst von uns denken!"

„Dann empfehle ich Ihnen diesen Château Gauguin, Pomerol, rot, leider etwas hochpreisig, aber dafür auch etwas ganz

Gutes. – Er begeistert mit Noten von Kaffee und Lakritz im langen Nachklang."

„Das ist ja interessant, ein Rotwein, der nach Kaffee schmeckt! Dann kann ich doch gleich Kaffee trinken. Oder ich trinke Rotwein statt Kaffee zum Frühstück – aber Lakritz auch noch, das muss nicht sein, Lakritz mag ich nicht. Gibt's den vielleicht mit einem Hauch Minze oder Kamille? Das wäre gut, meine Frau hat so oft Bauchweh!"

„Hans-Dieter, hast du den Preis gesehen?"

„Das kommt vom Kaffee, der ist doch gerade teurer geworden!"

„Also, das geht wirklich nicht, für das Fläschchen kann ich mir ja schon fast ein neues Gebiss machen lassen! Haben Sie nicht noch etwas Preiswerteres?"

„Sicher, ich habe etwas, was Sie beide begeistern wird. Probieren Sie: ein munterer, jung zu trinkender Rotwein aus der sonnenverwöhnten Gegend südlich von Madrid – wo man von den Hügeln fast bis zum Mittelmeer gucken kann!"

„Jung zu trinken, sind wir dazu nicht schon zu alt, Hans-Dieter?"

„Nicht Sie, gnädige Frau, der Wein! – Für Wein ist man niemals zu alt, höchstens zu jung!"

„Ja, mh, der ist nicht schlecht!"

„Sag ich doch! – Oder soll's vielleicht ein Châteauneuf du Pape für Sie sein?"

„Herrlich, ein Schatteneff. Neff habe ich auch in der Küche, toller Herd, nichts kaputt in vierzehn Jahren, ich wusste gar nicht, dass die auch Wein machen!"

„Chateauneuf!"

„Sag ich doch, Schatteneff!"

„Jetzt kann ich Ihnen noch einen Merlot einschenken, er duftet wunderbar intensiv nach Tabak!"

„Wir sind Nichtraucher!"

„Aber dieser: ein roter Italiener von explodierender Kirschenfrucht, erdig voll ..."

„Der wäre was für Frau Schneuer-Wolfram!"

„Hans-Dieter, nein, explodierende Kirschen sind doch gefährlich!"

„Deshalb ja!"

„Wie wäre es mit einem Merlot, einem fleischigen Rotwein!"

„Nein, nein, Frau Schneuer-Wolfram ist Vegetarierin."

„Aber vielleicht dieser, auch ein Merlot, im Glas dichtes Purpurrot mit Tendenz zu Schwarz, dann ein zauberhaftes Bukett mit Anklängen an reife Kirschen und langem Nachspiel!"

„Nachspiel???? – Und was ist mit dem Vorspiel? – Meine Frau hat Vorspiel so gern!"

„Hans-Dieter!"

„Ja, wenn das so ist, gnädige Frau, ich habe hier noch einen geilen Bacchus mit krachender Erotik!"

„Das ist etwas für mich, bitte, Hans-Dieter!"

„Nix da, den bekommt Opa, weil er so schwerhörig ist! Und Frau Schneuer-Wolfram schenken wir den, wo man von den Hügeln bis zum Mittelmeer gucken kann, dann braucht sie in Zukunft kein Fernglas mehr, die neugierige Schnepfe!"

4. OH, BITTE NACH IHNEN!

Wenn viele Leute zusammenkommen und beraten und die Luft wird immer dicker,dann nennt man das Sitzung.

Aber es gibt auch die anderen Sitzungen, die privaten. Erinnern wir uns an einen bekannten König, der sich allein und zu Fuß auf den Weg machte. Er öffnete die Tür seines königlichen Privatsitzes, ließ die Hose herunter und setzte sich. Dann wartete er eine Weile, doch irgendwie fühlte er sich unwohl. Irgendetwas war an diesem Tag anders. Er ließ seinen Blick durch den Raum schweifen:

Auf der Fensterbank standen wie immer die königliche Ersatztoilettenrolle, umhäkelt in königsblauem Seidengarn, und ein brauner Wackel-Dackel, der freundlich mit dem Kopf nickte. Drumherum eine widerstandsfähige, unempfindliche rankende Raumbegrünung. Aber trotzdem. Irgendetwas störte ihn! Es war total ungemütlich, und er konnte sich nicht entspannen. Frustriert brach der König die Sitzung ab und stand auf. Da sah er es!

„Page", schrie er erbost, „was hängt da in meinem KC?"

Der Page kam zitternd angerannt. „Im königlichen Closett?", flüsterte er, „eine neue Erfindung, ein Beckenstein! Er beseitigt die schlechten Gerüche und gibt Zitronenduft ab!"

„Der guckt mich von unten an!", schrie der König erbost. „Weg damit, häng ihn, wohin du willst, von mir aus in die Suppe!"

Nun hatte der König zwar ein ganzes Sitzungszimmer für sich allein, und es kam auch nicht wie bei Großfamilien in Spitzenzeiten zu besonderen Belastungen, aber, so trug ihm sein eilig heran gerufener Oberster Berater vorsichtig vor, die alte Balkentür hatte breite Ritzen, das Schlüsselloch war sehr groß, und die auf dem gleichen Gang wohnende Königin besaß eine feine Nase.

„Hier!" Der Oberste Berater zog ein kleines, rundes Döschen heraus. „Das könnte man auf die Fensterbank stellen, es ist sozusagen ein Königlicher Rauchverzehrer." Der König schnupperte ein wenig. „Bratapfel mit Vanille? So ein Quatsch, weg damit! Wenn ich Erbsen und Bohnen esse, will ich auch Erbsen und Bohnen riechen!"

„Aber die Königin ...?"

Der König scheuchte seinen Berater mit einer unwirschen Handbewegung hinaus.

Am nächsten Tag erschien der Oberste Berater mit einem neuartigen, völlig duftarmen Parfüm, das alle Gerüche neutralisieren sollte.

„Majestät, in der Anleitung steht: ,Im Raum verteilen und dann Fenster aufmachen!'"

„Dann kann ich doch gleich das Fenster aufmachen! Das ist Betrug, bestimmt ist in der Dose gar nichts drin. Fort damit!"

Der Oberste Berater gab sich nicht geschlagen, er zog einen anderen Behälter aus seinem Umhang.

„Majestät, sanftes Pfirsichparfüm mit der Kraft der hunderttausend Pfirsiche. Es riecht intensiver als der halbwüchsige Prinz nach einem einstündigen Badezimmeraufenthalt, und das soll etwas heißen!"

„Fort, fort!"

„Dann gibt es nur noch eine Lösung: ein Streichholz anzünden, hinterher!"

„Gerösteter Furz?", fragte der König misstrauisch. „Und wie ist es, wenn ich Chili, Wodka und andere explosive Speisen zu mir genommen habe? Nein, nein, lasst mich in Ruhe mit eurem Theater!"

Doch die Nase der Königin blieb sensibel, und wie alle Frauen setzte auch sie gern ihren Willen durch. Als Erstes stellte sie den Speiseplan ihres Gatten um. Hülsenfrüchte wurden nur noch einen Tag vorher zubereitet und verzehrt, bevor man einen anderen König besuchte. Das brachte allerdings nur eine geringfügige Verbesserung.

Dann kam Weihnachten. Der König erhielt ein sehr, sehr großes Weihnachtsgeschenk.

„Liebste, ich bin überwältigt und so neugierig, was es wohl ist!" Die Königin lächelte liebreizend, während der König an der großen roten Schleife zog und begierig die silberne Folie herunterriss.

„Oh, was ist das denn!" Er beäugte das Ding von allen Seiten.

„Das ist ein Häuschen", sagte die Königin, „man stellt es in den Garten, am besten da, wo die Bäume sind, und wenn man eine dringende Sitzung hat, geht man hinaus in die herrliche Waldesluft. Und damit du immer an mich denkst, habe ich für uns als Zeichen unserer Liebe in die Tür ein Kommunikationsloch in Herzform schnitzen lassen!"

Was sollte er dagegen schon vorbringen? Wie sollte er es ablehnen, das königliche Herzhaus? „Danke, Liebste", sagte er ein wenig zweifelnd.

Er stellte bald fest, dass dort im Winter eine frische Fichtennadelbrise wehte, im Sommer würzig aromatisch durchsetzt vom Duft wilder Brombeeren und Erdbeeren und in der Weihnachtszeit vom leckeren Lebkuchenduft der nahen Haus- und Hof-Bäckerei. Ja, das war die Geburt des Herzhäuschens und bald eiferte alle Welt dem König nach.

Heutzutage befinden sich diese Sitzungszimmer überwiegend in den Häusern und sind normalerweise nicht besonders groß. Leider kann der Duft dann meistens nicht schnell genug entweichen, und so vermögen wir uns sehr gut in die Lage der Königin zu versetzen.

Allerdings – wir haben Glück. Dank einer neuen Erfindung aus dem Land der unbegrenzten Möglichkeiten können wir jetzt eine angenehme und duftige Stimmung schaffen durch „Poopsie Daisy", das Toilettenschüsselvorsprühdeodorant, die Kultur in der Hosentasche. Fünf Sprühstöße „Poopsie Daisy" in die Toilettenschüssel – vor der Benutzung – und es gibt keine peinlichen Momente mehr, wenn du aus der Toilette kommst und eine Königin geht nach dir hinein.

5. BIER

Sumi war ein Bild von einem Mann, groß, stark, und wo er zuschlug, wuchs kein Gras mehr. Vor Kurzem hatte er von einem Weib gehört, das prächtig aussah und sogar noch alle Zähne im Mund hatte. Es war kräftig gebaut und trug ein Fell aufreizend nachlässig um den nackten Körper geschlungen. Man munkelte, sie habe noch keinen Mann, weil sie so schlampig sei. Trotzdem machte er sich auf den Weg.

Alle paar Jahre hatte sie ihre Höhle so vollgemüllt, dass sie kaum noch Platz darin fand. Jetzt war es wieder so weit. Sie bückte sich, hob übellaunig einen dicken Stein auf, der im Eingang herumlag, und warf ihn achtlos über ihre Schulter. Das plumpsende Geräusch kam ihr merkwürdig vor, und als sie sich umdrehte, fand sie ihren hoffnungsvollen Freier mit einer großen Wunde am Kopf ohnmächtig auf dem Boden liegen.

„Du kannst nicht viel ab", sagte sie, als er aufwachte, und fuhr ungerührt mit der Hausarbeit fort. Er brüllte etwas Unanständiges und rannte äußerst zornig davon. Die Schmach machte ihm Beine. Er lief und lief, bis ihm eine Felswand den Weg versperrte. Wütend hämmerte er mit seiner Keule darauf herum, bis das Werkzeug zersplitterte. Nun ergriff er eins der abgeplatzten Teile und ließ damit weiter seine Wut an dem Felsen aus. Als er sich nach Stunden abgeregt hatte, sah er, dass er ein wirklich schönes Muster auf der Oberfläche erschaffen hatte.

Ein Mann aus der Umgebung, der ihn beobachtet hatte, näherte sich ehrfurchtsvoll. „Du bist ein Künstler", sagte er, „und ein Erfinder. Aber hast du schon gehört? Das weithin bekannte schlampige Weib ist das auch. Es hat das Brot so lange stehen lassen, bis es schlecht war, und daraus dann ein Getränk gemacht, das hervorragend schmeckt. Ihr würdet sicher gut zusammenpassen! Lass uns hingehen, ich begleite dich!" Sumi wehrte ab, doch irgendwann siegte die Neugier.

Als die beiden sich einander vorsichtig näherten, grinste die Schlampe entschuldigend. Sie bat die Männer in ihre inzwischen aufgeräumte Höhle und bot ihnen etwas von der neuen Flüssigkeit an. Sumi soff alles auf einen Zug aus, rülpste genießerisch und fragte nach mehr. „Wie heißt das Getränk, das mir so wohlig in den Kopf steigt?", fragte er nach einer Weile. Sie zuckte die Schulter.

„Es hat keinen Namen", antwortete sein Begleiter, „die Leute nennen es ,Das-gibt-es-nur-bei-ihr!'"

„Dann heißt es ,Beiihr'." Sumi nahm einen Keil, den er mitgebracht hatte, und fing an, etwas in die Wohnzimmerfelswand zu ritzen.

„Bist du verrückt", schrie sie, „was machst du da?"

„Psst", beschwichtigte der Begleiter sie, „er ist ein Künstler!" Weil aber Sumi schon etwas angetütelt war, kratzte er nicht „Beiihr", sondern „Bier". „Bier!", verkündete er lauthals. „Ab heute heißt dein Getränk Bier, und das hier an der Wand sind die Bieroglyphen!"

Das Weib war begeistert und zerrte ihn umgehend auf ihr Lager, schob aber vorher noch den Begleiter aus der Höhle und versprach ihm jede Menge Freibier, wenn er überall von dem neuen Getränk erzählen würde.

Letztendlich haben sich die Bieroglyphen nicht wirklich durchsetzen können, aber das Bier und das Freibier traten so ihren Siegeszug um die Welt an.

6. ABER BITTE RECHT WEIBLICH ...

Vor einiger Zeit musste ich einen mir bis dato nicht persönlich bekannten ausländischen Kunden zum Abendessen einladen. Ich suchte ein sehr renommiertes Restaurant an meinem Heimatort aus. Mein Gast sah sich zufrieden um und freute sich, als der Ober ihm die deutsche Speisekarte reichte. Ich wusste, dass er einmal einen Deutschkursus besucht hatte und beobachtete, wie er interessiert und schweigend die Gerichte studierte. Ganz plötzlich sah er auf und schleuderte mir folgende Worte entgegen:
„Die Milch ist weiblich, die Kuh ist weiblich und warum kommt nun die Milch nicht von die Kuh?" Ich riss die Augen auf, da hob er seinen Löffel hoch und fuhr fort: „... und wieso heißt es *der* Löffel? Der Löffel hat weibliche Rundungen und müsste dann eigentlich *die* Löffel heißen und die gefährliche spitze Gabel müsste doch männlich sein und *der* Gabel heißen?"
Darüber hatte ich wirklich noch niemals nachgedacht, doch bevor ich irgendetwas äußern konnte, lehnte er sich gemütlich zurück und sagte, er möchte gern etwas schönes Deutsches essen.
Erleichtert über die Wendung des Gespräches tippte ich auf die Karte und empfahl ihm nach kurzem Zögern Spießbraten, wobei ich inständig hoffte, dass es etwas typisch Deutsches sei, denn etwas anderes hatte ich nicht gefunden. „Den Spießbraten mit Kartoffelsalat und Senf und eventuell Meerrettich, wenn Sie mögen!"
Er zog die Augenbrauen hoch. „*Der* Spießbraten?" Ich nickte: „Ja, der Spießbraten. Und dazu *der* deftige Kartoffelsalat!". Er schwieg. „*Der* Senf?", fragte er nach einer Weile. „Ja, *der* würzige Senf", pries ich an, „und *der* scharfe Meerrettich! Also, alles in allem ein echt starkes männliches Mahl!"

„Ich möchte aber etwas Weibliches!", sagte mein Gast und lächelte freundlich.

„Selbstverständlich! Dann empfehle ich als Vorspeise ..." Ich überflog die Karte wie ein nervöses Mückenweibchen, „... äh eine Suppe!"

„Welche Suppe?", fragte er.

„Die Suppe von ...", ich begann zu schwitzen ... meine Augen kreisten über den Buchstaben, „... *der* Spargel, *der* Krebs, *der* Ochse, *die* Suppe", murmelte ich, „äh, *die* warme Suppe von *die* Rind!"

Er nickte sehr zufrieden.

Als Hauptgericht empfahl ich ihm d*ie* runden Klöße und *die* gemütliche braune Soße und *die* üppige weibliche Kalbshaxe. Das Zwischengericht mit Fisch war auch kein Problem.

„Hier gibt es *die* Dorsch auf *die* Puffer und *die* Matjesmus auf *die* Vollkornbrot!", sagte ich, während ich inständig betete, dass der Ober nicht mit der Wimper zucken würde.

Mein Gast sah mich einen Augenblick prüfend an, dann nickte er: „Etwas Weibliches, ja, ,*Die* Dorsch!'" Zum Glück war der Ober ein Profi. Zum Nachtisch bot er meinem Gast rote Grütze.

Der Kunde strahlte überglücklich.

„Ein schöner Abend", sagte er.

Zum Abschluss erschien die Bedienung mit einer Auswahl alkoholischer Spezialitäten. „Cognac?"

Ein gutes Fläschchen wurde hochgehalten. „Ich möchte...", begann der Gast. Ja. wir wussten schon!

Ob er nicht einmal bei Alkohol eine Ausnahme machen könne, fragte ich, denn zum Ausgleich könne er ja eventuell hinterher dann *die* wunderbare Promille, *die* herrliche Fahne und die aufregende Verkehrskontrolle genießen. Vom nächsten Morgen sagte ich wohlweislich nichts, denn da hätte dann ja *der* Kater gewartet. Er schüttelte nur den Kopf und beobachtete zufrieden, wie ich die weibliche Rechnung beglich.

Es waren nur wenige Schritte bis zu seinem Hotel, die wir freundlich plaudernd zurücklegten. Im Hoteleingang angekommen bekam sein pausbäckiges sonniges Gesicht plötzlich einen verschmitzten Ausdruck. „Nicht gut!", flüsterte er. „Das Hotel ist nicht gut!"

Ich erschrak, weil ich ihn dort einquartiert hatte, es war definitiv das beste Haus in der ganzen Gegend. „Wieso?", fragte ich irritiert.

„Nicht gut", seine grünen Pupillen ruhten listig auf meiner totalen Ahnungslosigkeit. Nach ein paar Sekunden des Schweigens raunte er mir zu: „*Der* Zimmerservice." Dann sah er mich auffordernd erwartungsvoll an: „... und ich möchte jetzt etwas Wwweibliches ..."

7. FACHLEUTE

„Darf ich mich zu Ihnen setzen?", fragte ich den Herrn im grauen Anzug, der einsam vor seiner Zeitung saß.

„Bitte!" Er deutete mit der Hand leicht abwesend auf einen Stuhl und griff nach seiner Kaffeetasse.

„So voll ist es hier normalerweise morgens nie!"

Er nahm mich nicht zur Kenntnis, wahrscheinlich, weil ihm der Ober einen Teller mit zwei schön gebratenen Spiegeleiern, ein paar Bratkartoffeln und einem Bratwürstchen als Beilage brachte.

Mein Gegenüber nahm die Gabel, piekte vorsichtig in ein Ende des kleinen, blässlichen Bratwürstchens und entfernte den Zipfel großzügig mit dem Messer. Danach schnitt er sorgfältig ein Scheibchen von der Wurst ab und platzierte es vorsichtig am Rand des Tellers. Dann nahm er das Messer und setzte einen kleinen Schnitt am Rand zwischen Eiweiß und Eigelb. Anschließend piekte er mit der Gabel in die Wurstscheibe, faltete sie ein wenig und schob sie mit Hilfe des Bestecks hoch konzentriert in das Eigelb, bis in die Mitte, wo sie sich dann – offensichtlich durch einen Kunstgriff von ihm – wieder entfaltete.

Ich schaute gebannt zu, wie er mit Weißbrot das wenige auslaufende Eigelb wegtupfte und sich dem anderen Spiegelei zuwandte, das er nach derselben Methode präparierte. Als er fertig war, betrachtete er hochzufrieden sein Werk und nahm einen Schluck Kaffee, dabei bemerkte er mein Gesicht, das mit Sicherheit wie ein riesiges Fragezeichen aussah.

„Grauer-Star-Operation", sagte er, „ich bin Augenchirurg! Damals als Student – ja, die Zahnmediziner hatten es immer gut, die konnten an ihren Eltern und Geschwistern üben. Ich war Einzelkind, aber Mutti machte jeden Morgen Spiegeleier

... nun ja, das habe ich mir dann halt so angewöhnt." Er lächelte und schob das übrig gebliebene Wurstlinsenmaterial in den Mund.

Ich ließ mir für alle Fälle seine Karte geben, denn hier war ein Fachmann am Werk, das konnte sogar ich sehen.

Am nächsten Morgen war der Augenchirurg nicht zu entdecken. Ich setzte mich an einen Tisch und beobachtete, wie mein Nachbar zielbewusst sein Spiegelei bearbeitete. Er schraubte förmlich, und das ohne Verluste, das Eigelb aus dem Eiweiß.

„Klempner!", rief ich. „Gelernt ist gelernt!", konterte er und strahlte mich an. Nun hatte ich eine zweite Karte.

Ach, das war spannend! Ich reckte meinen Hals, um zu sehen, was an den anderen Tischen passierte. Nebenan saß einer, der in aller Ruhe seine Gabel durch das Eigelb zog, wieder und wieder. „Ein Gärtner", sagte der Klempner, „und der Kahlköpfige daneben, der versucht, die Eier aufeinander zu stapeln, und Türmchen aus Bohnen und Speck baut, der ist Architekt. Aber ich muss jetzt los, schönen Tag noch!"

Ich war gerade dabei, ein Schälchen Obst zu essen, als sich ein junger, freundlich lächelnder Mann mit einem Laptop und einem Grafiktablett zu mir setzte. Er nahm den dazugehörigen Stift und malte ein Spiegelei auf das Tablett. Dann tippte er auf Bearbeiten, Kopieren, machte seinen Mund auf und drückte mit dem Stift auf Einfügen. Einen Augenblick blieb er starr sitzen, bis er begriff, dass irgendetwas nicht stimmte.

„Ach", sagte er peinlich berührt, „ich habe vergessen, im Menü auf Braten zu klicken!" Er suchte und suchte, wurde aber nicht fündig. Er sah zu mir herüber, zog sein Handy aus der Tasche und sagte entschuldigend: „Immer wieder Probleme, ich muss leider schnell mal die Hotline anrufen."

Eigentlich war ich fertig, aber ich guckte noch ein wenig herum, weil es so interessant war. Vor allem fesselte mich der

Anblick einer dickbusigen Dame mit braunen Locken. Sie saß vor einem ziemlich durchgebratenen Spiegelei und machte den Mund auf und zu. Es sah aus, als wenn sie tonlos eine schmachtende Arie sänge. Nach ein paar Minuten packte sie plötzlich ihr Ei, presste es leidenschaftlich an ihre Brust und küsste es stürmisch ab, bevor sie es voll und ganz in ihrer Mundhöhle verschwinden ließ.

Der Ober, der kurz danach meinen Tisch abräumte, erzählte mir, dass das eine berühmte Opernsängerin sei, die schon jahrelang in diesem Haus verkehre. „Sie ist göttlich", sagte er sinnend. Dann erspähte er einen Gast, der sich in unsere Richtung bewegte. „Wenn ich Ihnen einen guten Rat geben darf", er schob mich förmlich vom Stuhl, „gehen Sie, gehen Sie schnell hinaus, da kommt der Auktionator! Was glauben Sie, wie Ihre Bluse aussieht, wenn er bei drei den Hammer auf das Ei fallen lässt!"

8. ALFONS IST BLÖD

Wenn ich Urlaub habe, verreise ich gern. Dabei begegnen mir manchmal Worte in anderen Sprachen, die deutsch klingen, aber einen anderen Sinn haben.

Dass Nebel im **Englischen** Mist ist, weiß ich, ist im Deutschen ja auch so. Mist war das aber irgendwie auch, als mir der englische Taxifahrer während der Fahrt von seinen Alltagsproblemen erzählte und nachher beim Bezahlen dann einen Tip haben wollte. Ich war natürlich erfreut, ihm Lebenshilfe zukommen zu lassen, und habe ihm den Tipp gegeben, niemals Trinkgelder zu verteilen, weil das dem eigenen Wohlstand nicht zugutekommt. Daraufhin wurde er so ärgerlich, dass ich annehmen musste, er hat mir die ganze Zeit nur was vorgemacht und wollte eigentlich überhaupt nicht reich werden.

Noch größerer Mist war es allerdings für einen deutschen Kunden in der Bank, als er von seinem Konto eine Billion abheben wollte und man ihm lediglich das gab, was man darunter verstand, nämlich nur eine Milliarde! Und was passierte dem türkischen Kunden der in seiner Bank händeringend: „Armut, armut", rief? Man gab ihm das, was er wollte – eine Birne!

Irgendwann besuchte ich auch die **Niederlande**. Es gefiel mir dort gut, nur dass die Leute andauernd bellten, war etwas störend. Bellen heißt da übrigens telefonieren. Und was machen die Hunde? Die blaffen! Als ich das gerade herausgefunden hatte, hörte ich, wie eine ältere Dame zu einer anderen sagte: „Mein Kleinkind ist sehr bekakt!" Später erfuhr ich, dass Kleinkind Enkel bedeutet und bekakt so viel wie eingebildet. Also, ihr Enkel war sehr eingebildet! Meine Güte, die sprachen ja ganz schön deftig. Nein, wieder falsch, denn deftig bedeutet dort „vornehm".

An einem Samstagnachmittag ging ich ins Fußballstadion. Es spielten Holländer gegeneinander. Eine Mannschaft war grottenschlecht und schon in der 7. Minute traf der Ball ins Netz. „Tor", schrie ich, „Toooor". Die Leute um mich herum sahen mich ganz sonderbar an. Ich nahm an, dass sie wohl die andere Mannschaft bevorzugten. Es ging weiter und ich süffelte gemütlich mein Bier. Ab und zu traf der Ball erneut ins Netz. Bald stand es 5 zu null. Da plötzlich, nein, doch, doch nicht, doch … „Tooooor!" Ich schrie, was das Zeug hielt. Irgendwann hatte ich das Gefühl, im Stadion wurde es totenstill und alle schauten auf mich. Na klar, wie merkwürdig ist das denn, wenn einer während des Spiels immer schreit: „Käfer, Käfer!"

Aber die Holländer sind ja nett. Obwohl sein Favorit nicht gewonnen hatte, hat mich mein Sitznachbar zum Abschied etwas derbe umarmt und mir so was wie „Ohrloch" ins Ohr geschrien. Ich hätte ihn wohl nicht so freundlich angelächelt, wenn ich gewusst hätte, dass Oorlog (ausgesprochen Ohrloch) Krieg bedeutete.

Ein paar Wochen später flog ich nach **Dänemark** und suchte eine Buchhandlung auf, da ich meine Reiselektüre vergessen hatte. Ein Titel sprang mir sofort ins Auge: „Alfons ist blöd."

Der nette Buchhändler erklärte mir den Inhalt in Kurzform: Gift und gaeld. Das war mir als Sprach- und Krimikenner natürlich gleich klar, wie der Hase lief: Der blöde Alfons wurde vergiftet und es ging natürlich ums Geld. Nachher stellte sich heraus, blöder Alfons heißt übersetzt „sanfter Zuhälter". „Gift" heißt verheiratet und „gaeld" sind die Schulden. Also der sanfte Alfons war verheiratet und hatte Schulden. Dann war der Alfons wohl doch ein bisschen blöd!

Na, ich reiste dann ohne Buch nach **Polen** und lernte dort, was jeder deutsche Gartenbesitzer gut verstehen kann, nämlich, dass Katze auf Polnisch „kot" heißt.

Ein Jahr später traf ich in **Paris** einen alten Römer. In dem ungewohnten abendlichen Gedränge auf dem Bürgersteig hatten wir die gleichen Koordinaten und prallten einfach aufeinander. Er ging zu Boden und stand nicht mehr auf. Na ja, wie gesagt, ein alter Römer. Die Ambulanz transportierte ihn ins nächste Hospital und ich begleitete ihn.

Mit ihm konnte ich nicht sprechen, er war ziemlich weggetreten, außerdem konnte ich kein Italienisch, aber dem Arzt sagte ich sehr deutlich und fürsorglich: infusion, infusion! Der Arzt nickte verständnisvoll. Schon ein paar Minuten später brachte die Schwester eine Teekanne. Woher sollte ich denn Wissen, dass „infusion" Kräutertee hieß?

Am nächsten Tag machte ich einen Krankenbesuch, fühlte ich mich doch mitschuldig an dem Unfall. Der Verletzte saß im Bett und lächelte freundlich, vor ihm ein leer gegessener Teller. „Ente grosso?", fragte ich. Sein Gesichtsausdruck zeigt Verblüffung. In seiner Sprache hieß das nämlich „dickes Amt". „Analcolici", sagte er endlich. Ich verstand, er hatte wohl so etwas wie eine Analkolik. Dann war der Kräutertee vom Vortag wohl ganz gut dafür gewesen. Mir wurde jedoch etwas ungemütlich, vielleicht war das ansteckend – oder lag ich falsch und er hatte vielleicht doch „ente grosso" gegessen? Ich konnte doch nicht ahnen, dass er mit „analcolici" alkohohlfreie Getränke meinte.

Als ich mich nicht rührte, flüsterte er „cozze con confetti" und sah mich auffordernd an. Oh mein Gott, „cozze" auch noch, das war ja eine ausgewachsene Darmgrippe. Ich verabschiedete mich eilig. Er sah ein bisschen enttäuscht aus und hätte sich sicher sehr gefreut, wenn ich ihm die gewünschten Miesmuscheln mit Konfekt gebracht hätte.

Ich trottete nachdenklich durch die Gegend und kam irgendwann an ein kleines Kellerlokal. Es war nicht die beste Gegend. Ich hatte Durst, aber ich zögerte einzutreten, denn es erschien mir etwas zweifelhaft.

„Mut", rief mir ein Mann zu, der gerade eilig das Lokal verließ. Woher sollte ich wissen, dass das ein Albaner war und Mut dort „Scheiße" bedeutete?

Ich öffnete die Tür, ein bärtiger Kerl trat mir entgegen und fragte wütend: „Penis?" Ich hatte doch seinen Penis nicht:„Nee", antwortete ich erschrocken. So wie er guckte, war das genau falsch, denn er war Grieche und „ne" hieß für ihn so viel wie ja. Dann fiel mir ein, dass „Penis" auf Griechisch mittelloser Mann bedeutete. Ich zog eilig einen größeren Geldschein aus der Tasche. „Katse" knurrte der Kerl zufrieden. „Wo?", fragte ich, denn ich sah keine. „Katse", wiederholte er und drückte mich auf einen Stuhl.

Aha, das hieß also „setz dich". Er brachte mir sogar ein Glas Wein. Erleichtert erhob ich das Glas, nickte einem einsamen Mann am Nebentisch zu und rief: „Prost."

Pech. Ein Rumäne. Er stand auf und haute mir die Blumenvase auf den Kopf, denn „Prost" bedeutet in seiner Sprache Dummkopf. Seither ist meine Reisefreudigkeit etwas gedämpft.

9. AM GATE

Das große Flugzeug starrte ihn durch die Scheibe neugierig an. Das jedenfalls meldeten seine Augen dem ungläubigen Gehirn. Die Antwort erfolgte prompt: Flugzeuge starren nicht!

Nein, natürlich nicht. Inzwischen sah es auch eher so aus, als wenn es etwas sagen wollte oder ... konnte es sein ... kein Zweifel! Das Flugzeug lächelte ihm zu. Ihm? Er schaute nach links und rechts, nein, dort stand niemand. Er sah wieder zurück auf das freundliche Flugzeug und konnte nicht anders, er lächelte auch.

Als hätte er es dadurch ermutigt, rollte es bis dicht an die Fensterscheibe und spitzte den Bug so wie die Lippen zu einem Kuss. Er ertappte sich dabei, dass auch er automatisch die Lippen schürzte. Das Flugzeug federte ein wenig auf und nieder, als würde es sich freuen, und setzte sich rückwärts in Bewegung. Es rollte genießerisch langsam, hob dabei den linken Flügel und winkte ihm zu.

Er winkte reflexartig zurück, senkte aber schnell wieder den Arm und schaute sich verstohlen um. Zu seinem Entsetzen entdeckte er hinter sich einen Piloten, der sich leise genähert hatte. „Ich ...", begann er. „Es liegt am Kerosin", sagte der Pilot gelassen, „gewonnen aus Öl, das aus Zeiten stammt, in denen paradiesische Zustände auf der Erde herrschten. Zum Glück gibt's davon nur sehr wenig. Aber die Flugzeuge mit diesem Kerosin im Bauch sind alle verliebt! – Da, schauen Sie, schnell, das gilt Ihnen!"

Seine Augen folgten der Handbewegung des Piloten und meldeten die herzförmigen Kondensstreifen am Himmel schnellstens dem ungläubigen Gehirn. Die Antwort erfolgte prompt: Flugzeuge lieben nicht! – Oder vielleicht doch?

10. DER ERSTE WEIN

Es gibt viele Gründe, Wein zu trinken: um den Winter zu vergessen, um dem Durst vorzubeugen, weil der Wein weg muss, oder einfach aus Freude am Genuss. Die einen lieben vielleicht den eleganten Wein zum festlichen Abendessen, den edlen zum Ausspannen in einer stillen Stunde vor dem lodernden Feuer im Kamin, die anderen eher einen gemütlichen Süffelwein oder harmlosen Trällertropfen an lauen Sommerabenden.
Aber wie hat das eigentlich alles begonnen? Versetzen wir uns zurück in die Zeit etwa 600.000 v. Chr. und betrachten wir ein ganz normales Pärchen: „Homo Erectus! Du bist mit Abstand der unordentlichste Steinzeitmensch, den ich kenne!" Die Ur-Frau warf ihre zottelige Mähne in den Nacken und rollte furchterregend mit den Augen. „Sammle die Knochen vom Höhlenboden! Räum deinen Fellslip vom Steinsitz und feg die Traubenkerne raus! Du weißt doch, dass die Archäologen irgendwann kommen!"
Homo stand vor dem Höhleneingang, schwang die Keule, als wenn er nichts gehört hätte, und schlug einen merkwürdig geformten Holzpflock in den Boden. „Das ist ein Schild!" Er hämmerte mit wichtiger Miene. „Damit die anderen sehen, dass die Höhle besetzt ist!"
„Weiß doch jeder! Immer diese Spielereien! Mach endlich mal wieder Feuer!" Sie polterte wie ein altes Mammut. „Roll mir wenigstens den glühenden Stein in meine Kochmulde, wenn du es schon nicht schaffst, einen Tontopf zu erfinden! – Und was ist das hier?" Sie zeigte mit ihrem unsauberen Zeigefinger anklagend auf einen Haufen schwarz-roter vermatschter Trauben. Sein Interesse war mäßig. „Die Mulde war seit Langem frei! Du hast doch schon tagelang keine Lust zum Kochen gehabt!"

„Ich soll immer arbeiten und du spielst nur, typisch! Steh nicht so rum, hilf mir gefälligst!" Er betrachtete ungerührt sein schönes neues Schild. „Wird's bald!" Sie suchte nach ihrer Keule und wurde noch zorniger, weil sie sie nicht fand. Da griff sie mit beiden Händen in die dunkelrote Traubenpampe und schleuderte sie ihm mit Wutgebrüll in das Gesicht. Er war einiges von ihr gewöhnt, sie verhaute ihn sogar manchmal, aber diesmal stand er mit staunend geöffnetem Mund da, als ihn die feuchte Masse traf.

„Mmmh, mmmh, nicht übel, wirf noch mal!" Der rote Saft kleckerte an ihm herunter und färbte das neue Schild rot.

„Probier mal, schmeckt nach mehr!"

„Es ist zum Weinen!" Sie kratzte sich ausgiebig in den verfilzten Haaren.

„Wenn du meinst? Gut!" Er leckte sich die Finger. „Dann nennen wir es eben Wein!" Sie hörte auf zu kratzen und steckte stattdessen die Finger in die restliche Traubenmasse.

Nach einer Weile des Probierens wurde sie friedlicher, dann sogar fröhlich. „Hol uns einen Behälter, Homi-Liebling", säuselte sie, „damit wir die gute Edelfäule darin aufbewahren können!" Er suchte ein wenig im Steinzeitschuppen herum und kam mit einem Beutel aus der ganzen Haut eines Schafes zurück. Dort füllten sie in trauter Gemeinsamkeit den Wein ein. Die Kunde von dem neuen Getränk verbreitete sich wie ein Lauffeuer. All die anderen Homos begannen, auch Wein herzustellen. Die dicke Meta aus der Nachbarhöhle gab noch etwas Honig dazu, ein anderer probierte es mit wildem Knoblauch, wieder ein anderer mit Urkalyptus. Aber was auch immer sie versuchten, am besten schmeckte der Wein von den Leuten mit dem roten Schild vor der Höhle, den Rotschilds. Vielleicht lag es daran, dass sie den Wein in der Tierhaut eines Schafes aufbewahrten.

Die Nachfolger dieses Weines trinkt man übrigens noch heute, aber inzwischen ist aus der Höhle ein Schloss geworden. Ich glaube, es heißt Château Mouton Rothschild.

11. DER WELTMEISTER

Partys sind etwas Feines, und ich war meiner Freundin sehr dankbar, dass sie mich an diesem lauen Sommerabend einfach mitgeschleppt hatte. Der Gastgeber wohnte in einem mittelgroßen Häuschen mit einem traumhaften Garten. Schlanke, sommerlich offenherzig gekleidete Gäste standen mit Champagnerkelchen in den Händen fröhlich schwatzend herum, lächelten mal hier, mal da und genossen die prächtige Stimmung. Kurz, alles schien einen besonders netten Abend zu versprechen.

Aus der Menge ragte ein großer junger Mann mit blonden, akkurat sitzenden kurzen Haaren. Er warf mir über ein paar braun gelockte Köpfe hinweg einen längeren Blick zu, dass mir die Beine zu zittern begannen. Schon bahnte er sich einen Weg durch die Menge. „Guten Abend, ich heiße Jörn", begrüßte er mich und lächelte fröhlich-unkompliziert.

„Evi", murmelte ich und merkte, wie mir die Röte ins Gesicht stieg.

„Darf ich Ihnen etwas zu trinken bringen, Evi?" Er beugte sich weit vor. Ich roch seinen zahnpastafrischen Atem und nickte eifrig. Seine leuchtend blauen Augen blitzten. „Wir sollten vielleicht an die Champagnerbar gehen!"

Es war nicht weit. Die Bedienung ergriff ein leeres Glas und holte gerade aus, um einzuschenken, als Jörn gebieterisch seine Hand vorschob. „Nein, nicht dieses Glas, es ist nicht sauber. Bitte ein anderes!"

Hups! Ich hätte das gar nicht gesehen. Er beäugte das neue Glas, befand es für gut, und dann bekam ich mit Grandezza den köstlichen Kelch überreicht. „Worauf trinken wir?", fragte er. „Dass wir uns hier getroffen haben?"

Hui, der ging aber ran. Ich blickte in putzmuntere, funkelnde Augen und konnte gar nicht anders, als zustimmend zu nicken. „Wie sind Sie mit dem Gastgeber bekannt", fragte er mich, „arbeiten Sie auch für ihn?"

„Arbeiten? Nein! Also ehrlich", ich sah mich um, „ich bin nur mitgenommen worden!" Meine Freundin war unauffindbar. „Und Sie?"

„Ich habe ihn durch einen Wettbewerb kennengelernt!"

„Einen Wettbewerb? Das hört sich spannend an. Worum ging es denn?"

„Um das Putzen!"

„Um das Putzen? Wie meinen Sie das?"

„Putzen!" Er lächelte. „Saubermachen! Der Gastgeber hat ein Reinigungsunternehmen und beschäftigt Gebäudereiniger, Hygienetechniker, Desinfektoren, Putzfrauen und Putzmänner!"

„Und Sie sind auch bei ihm beschäftigt?!"

„Nein, nein!" Er lachte und zeigte dabei seine perlweißen Zähne. „Ich habe den Wettbewerb gewonnen!"

„Welchen Wettbewerb?"

„Ich bin der Weltmeister im Putzen!"

Ich starrte ihn an. „Ich habe nicht gewusst, dass es so etwas gibt!"

Er hob selbstbewusst den Kopf. „Oh ja, das gibt es, und wie!"

„Wie sind Sie denn dazu gekommen?"

„Reinigen, das ist eine krisenfeste Branche. Jeder Mensch möchte es gerne sauber haben. Aber an seinem Arbeitsplatz, in öffentlichen Gebäuden oder auf Verkehrsplätzen – Schmutz wird es immer geben!"

„Doch viele versuchen auch, Dreck zu vermeiden. Ich kenne zum Beispiel Leute, die gehen in ein Restaurant, um ihre Küche zu schonen, und besuchen Freunde, damit sie nicht ihre eigene Toilette benutzen müssen!"

Er lächelte verständnisvoll. „Ja, es gibt auch Leute, die lassen die Rollläden herunter, wenn Regen droht, um die sauberen Scheiben vor Nässe zu schützen!"

Der Weltmeister im Putzen. Er sah wirklich gut aus und er war supersympathisch. So einen tollen Mann müsste man zu Hause haben. Ich bemühte mich, sauber und ordentlich zu flirten. „Gab es da nicht mal eine Studie aus den USA ...!"

„Genau!" Er schien sich zu amüsieren. „Ja, die Untersuchung hat ergeben, dass Männer, die ihren Frauen beim Putzen kräftig zur Hand gehen, mit Sex belohnt werden!"

„Oh, nein, ich habe etwas anderes gelesen. Ich glaube, da stand, heutzutage können Frauen nicht mehr putzen und Männer noch nicht!"

„Nein", er schüttelte seinen gepflegten Kopf, „es gibt nur eine Studie, die besagt, Männer, die putzen, haben mehr Sex!"

„Na", rief ich und lächelte kokett, „Sie müssen es ja wissen!"

„Soll ich es Ihnen zeigen?" Ich riss die Augen weit auf.

„Gehen wir zu mir oder zu dir?", fragte er.

„Zu miiir?" Ich traute mich nicht, ihn in meine Wohnung reinzulassen. Bei mir konnte man vom Fußboden essen, da waren jederzeit genügend Reste zu finden. Ich war, das wurde mir nun bewusst, wohl eher ein etwas schlampiger Reinigungstyp, verglichen mit diesem scharfen Putzteufelchen.

„Ich verstehe." Er legte mir die manikürte Hand auf den Arm. „Ich bleibe ja länger, und die schräg einfallende Morgensonne enthüllt alle Putzsünden! Aber das ist weiter kein Problem, ich lade dich gern zu mir ein!"

Ehe ich mich versah, saßen wir im Taxi und hielten vor einem netten Haus mit eleganten Eigentumswohnungen. Als er die Tür aufschloss, war ich nicht verwundert. So hatte ich mir seine Wohnung vorgestellt, großzügig, hell, weiß eingerichtet und sauber. Alles strahlend frisch.

Ich zog lieber meine Schuhe aus und geriet beinahe in Panik, weil ich nicht wusste, ob mein Fußdeo noch hielt oder wie sagte man in seinen Kreisen – der Geruchskiller?

Mein Blick fiel auf ein mir unbekanntes Objekt, das an der Wand lehnte.

„Das? Och, das ist eine Blätterbürste für großblättrige Zimmerpflanzen!"

Ich schwieg ergriffen, bis ich ein anderes noch nie gesehenes Ding entdeckte. Ich zeigte wortlos darauf. „Das ist etwas ganz Feines, ein hochmoderner elektrischer Staubwedel, aber den kann ich dir erst morgen vorführen, heute ist mit Sicherheit kein Staub mehr in der Wohnung zu finden!" Ich war sehr beeindruckt.

„Hast du ein Haustier?" Er legte den Arm um mich, während ich den Kopf verneinend schüttelte. Ich sah, wie sich ein schönes braunes Haar löste und langsam auf den Boden schwebte. Er sah es auch! Zum Glück war er ganz Kavalier, bückte sich und trug es zum Mülleimer.

„Das ist genau der Grund, warum ...", murmelte ich verlegen.

„Tiere sind nicht einfach." Er war so wunderbar verständnisvoll. „Da fliegen Kotböhnchen vom Meerschweinchen durch die Räume, kleine Schweinereien von Wellensittichen, und wenn die Katze unruhig wird und umherstreift, spätestens aber, wenn sie ihr Hinterteil hinabsenkt, dann braucht sie auch eine saubere Katzentoilette!"

„Ein Fisch ist immer sauber", murmelte ich, „der badet den ganzen Tag!"

„Moment!" Er drehte sich um und verschwand im Bad. Durch die geöffnete Tür sah ich, wie er etwas in den Mund sprühte. Dann kam er zurück und umarmte mich und küsste vermutlich hundert Prozent keimfrei. Ich nicht.

Da ich leider von Zeit zu Zeit ein paar Schuppen hatte, versuchte ich, mich nicht besonders viel zu bewegen. Ich stand wie ein Stock, weil ich Angst hatte, dass so ein Schüppchen mit Donnerhall auf den blitzblanken Fliesen aufschlagen könnte. Doch ich fand mich in erfahrenen Händen. Er bog mich küssenderweise rauf und runter, hin und her. So etwas hatte ich noch nie gemacht. „Du kennst dich aber aus!", flüsterte ich außer Atem.

„Ja!" Er lächelte geschmeichelt. „Das ist eine Partnerübung für geselliges Putzen. Der ganze Körper swingt!" Er schaltete leise Musik ein. „Alle Sinne sind beschäftigt!"
„So habe ich Putzen noch nie gesehen!"
„Putzen ist hocherotisch: der weiche, flockige Lappen, der sich feinfühlig in die Hand kuschelt, der rosafarbene Eimer mit dem betörend duftenden lauwarmen Wasser, das auf spektakulären Einsatz wartet, dazu ein himmlisches Desinfektionsspray von Dior, eins, zwei, drei, bakterienfrei! Man muss sich vor lauter Begeisterung bewegen, einfach tanzen, sich über dem Tisch ganz ausstrecken und dann wischen, wischen, wischen – bis zur Ekstase!"
Er nestelte am Reißverschluss meines Kleides und schälte mich gekonnt heraus. Dann beugte er sich forsch über mich. Seine blonden Haare hingen in korrektem Abstand über den Augen Woran erinnerte mich das bloß! Ach, richtig, ich hatte zu Hause nicht die Teppichfransen gekämmt, sie nicht einmal annähernd gerade ausgerichtet.
Er hatte seine Schuhe ausgezogen. Seine weißen Socken leuchteten im Dämmerlicht, sie sahen aus wie in Sterilium gebadet. Ich war mir ganz sicher, er sah darunter auch so aus. Überall groß, blond, sauber, rein! Sehr angenehm! Ich lächelte möglichst hygienisch.
„Soll ich dir ein Geheimnis verraten?", flüsterte er.
Und ob, ich wollte alles lernen über das Putzen, ich sehnte mich danach, wie ich es mir im Leben vorher noch nicht hatte vorstellen können. „Verrate es mir!"
„Es gibt gar keine Sauberkeit!", hauchte er, „Sauberkeit ist nur eine Sache der Geduld! Es ist eine Frage der Zeit, wie lange man es dem Schmutz erlaubt, sich ansammeln zu lassen. Und richtige Sauberkeit – wie gesagt, die gibt es gar nicht!"
Ich war so gerührt über seine Offenheit! Es schien ihn heute ganz schön erwischt zu haben! Dieser tolle Mann mit dem phänomenalen Fingerspitzengefühl, er fuhr mit dem Zeige-

finger über meinen Oberschenkel, als ob er die Schrankober-
fläche auf Sauberkeit prüfte. Dann berührte er meinen Bauch.
Schrieb er nicht etwas? Doch wohl nicht „Sau"? Endlich, er
riss mir den BH herunter und fummelte an den Nippeln herum. „Die sind ja putzig!", schnaufte er.

„So?? Mh!!"

„Sie erinnern mich an die Noppenböden in den Fabrikhallen
und Flughäfen. Die sind furchtbar schwer zu reinigen, man
muss immer ganz ordentlich von allen Seiten drum herum
wischen, sonst sammelt sich der Schmutz auf einer Seite.
Immer um jeden Noppen herum, mit geübtem Strich, noch
einmal und noch einmal, und dann, wenn man sich dann mit
seinem Putzgerät ins Erdgeschoss begibt ...!"

Mehr möchte ich eigentlich nicht erzählen, nur eines noch:
Er war zurecht Weltmeister, und meine Einstellung zum Putzen hat sich seither total verändert!

12. HOTEL WINDSOR IN TASMANIEN

So, angekommen! Ich warf mich auf das breite Bett und atmete tief durch. Welch ein Stress! Als ich von meinem Gewinn, einer Reise nach Tasmanien, erfahren hatte, war kaum noch Zeit gewesen, um nachzusehen, wo das überhaupt liegt, denn ich sollte schon am nächsten Tag losfliegen.

Und nun lag ich hier und blätterte in der Hotelbeschreibung. Oh, die war sogar in Deutsch. Das hätte ich nicht erwartet. „Das Hotel Windsor in Hobart", las ich, „ist ein lokalisierter Knall im Herzen des zentralen Geschäfts- und Einkaufsbezirk!" Donnerwetter, ganz schön merkwürdig! Ach, da oben stand es ja: Das war eine maschinelle Übersetzung vom Englischen ins Deutsche.

Ich las weiter: „Das elegante Hotel, Mähdrescher der klassischen Schönheit ..." Was sollte das denn heißen, hatte jemand den armen Übersetzungscomputer mit Hochprozentigem getränkt? Na, noch einmal: „Das elegante Hotel, Mähdrescher der klassischen Schönheit, sitzt bequem auf Hobarts berühmter Prachtstraße innerhalb eines gehenden Abstands vom nächsten Bahnhof, der 5 km vom Hotelgatter entfernt ist. Der Flughafen ist so nahe wie 25 km.

Das Hotel ist in sich selbst elegant. Von dem Moment, in dem du die gemarmorte Vorhalle betrittst, wirst du feststellen, dass dies kein gewöhnliches Hotel ist. Das Hotel ist ein nicht rauchender Wohnsitz, Liebling der Geschäftsreisenden und auch derer, die mit Zicklein im Schleppseil reisen."

Mh, in der Lobby hatte ich bei der Ankunft keine Tiere gesehen, aber da würde ich noch einmal näher hinschauen müssen. Weiter ging es im Text: „Das Hotel ist ausgerüstet mit allen Annehmlichkeiten, die dir ein bequemes und streitfreies Leben im Urlaub ermöglichen!" Aha, eher ein Hotel für Pärchen oder Ehepaare? Dann waren die Zicklein im Schleppseil vielleicht nur in übertragenem Sinne gemeint? Wirklich hochinteressant!

Und schon fesselte mich der nächste Absatz: „Im Hotel Windsor in Hobart, Tasmanien, können die Gäste zwischen 547 Plüschräumen wählen, einschließlich Doppelköniginnenräume, Könighauptleiterräume und der Präsidentensuite auf dem oberen Fußboden. Das Innere der Räume scheidet Eleganz aus!"

Ja, das stimmte. Ich räkelte mich und betrachtete dabei die mit bunten Blumen verzierten Wände. Außerdem gab es überlegene Bettwäsche und einen nicht rauchenden Fußboden. Zum Glück, sonst hätten sicher bald meine Socken gequalmt. Nach der Beschreibung hatten die Räume außerdem stilvolle, hochfliegende Decken und ein Fenster, das sich für Frischluft öffnet und eine gute Aussicht bietet auf die Nachbarschaft und andere Stadtfreuden.

Da das Management mich glücklich zu sehen wünschte, bot es mir einigen Service und andere Annehmlichkeiten: zum Beispiel einen Gastwäschereiservice!

Ich glaubte nicht, dass ich mich von jemand waschen lassen würde, das hatte ich noch nie gemacht, aber vielleicht würde ich irgendwann einmal das bereitstehende Eisen und das bügelnde Brett benutzen.

Zur Verfügung standen noch ein toller Gepäckspeicher und sogar ein Service für untaugliche Leute.

Außerdem gab es eine Münzenwäscherei. Leider hatte ich nur ein paar lausige australische Dollarmünzen. Wenn ich gewusst hätte, dass man hier offiziell Geldwäsche anbietet, hätte ich mich anders darauf eingestellt.

Ich überlegte eine Weile, ob ich nun das Fernsehen mit dem Kabel anschalten sollte oder das Taktgeberadio oder vielleicht den überwachenden Klebebandrekorder, aber eigentlich hatte ich erst einmal Durst! Das war kein Problem. Es gab nach der Beschreibung einen Kühlraum im Zimmer, den Ministab. Es dauerte eine Weile, bis mir aufging, dass Stab auf Englisch „bar" heißt. Aha, Ministab war Minibar! Der große Stab im Aufenthaltsraum war übrigens spezialisiert auf Abendessenumhüllungen für internationale Klienten.

Doch die Beschreibung des Hotels war noch lange nicht zu Ende:„Das Windsor bietet ausgezeichneten Grillservice einschließlich höflicher Picknickstühle", hieß es, außerdem sei das Hotel homosexuellenfreundlich.

Der nächste Absatz richtete sich speziell an Geschäftsreisende. „Das Hotel ist voll gestopft," stand da, „mit allen modernen Annehmlichkeiten und zwei Konferenzzimmern für den Geschäftsreisenden, der die Arbeitsbelastung anfassen muss während weg!"

Das kuschelige Bett lullte mich ein und mir fielen nach der langen Anreise schlagartig die Augen zu. Ich erwachte von einem lauten Knurren. Mein Magen! Wo war der Ratgeber?

„Überhaupt braucht man sich im Hotel Windsor nicht um Speisen zu sorgen", las ich, „die Hotelberechtigung", was wohl die Leitung sein sollte, „kümmert sich um den Komfort des Kostgängers!" Aha, das war ich. „Der neue Aufenthaltsraum bietet ein glattes und wundervolles Frühstück an und liefert dir ehrfürchtiges Ambiente! Du kannst auch beschließen, bei einer der feinen Meerestiergaststätten zu speisen oder die frische Verriegelung des Tages von den lokalen Fischern zu kaufen!"

Schon bei dem nächsten Satz dieser aufregenden Hotelbeschreibung hatte ich meinen Hunger vergessen, denn es kam eine Wellnessfrage an mich:

„Bist du die bewusste Gesundheit?"

Natürlich war ich das. Ich stand auf und ging los, denn ich wusste, ich hatte im Windsor höflichen Zugang zu einer geheizten Innenschoßlache, einer Eignungsmitte und beglückwünscht durch eine rüttelnde Freiluftschiene auch sonnengetrocknete Gelegenheiten, mich dem Sport meiner Wahl hinzugeben – und so fing ich an, wie vorgeschlagen, meine Muskeln zu biegen.

Auf jeden Fall kann ich nun aus eigener Erfahrung sagen: „Das Windsor Hotel in Hobart ist ein Hotel, das einen Plüschaufenthalt verspricht, bei dem man funkelnde Erfahrungen genießen kann von einer Art, die man für den Rest seines Lebens nicht mehr vergisst.

Also, wenn du glaubst, dass das Leben nichts als eine Reihe von Aufgaben und graubraunen Zeitplänen wird, weißt du, dass es Zeit für eine Erfrischung ist. Du kannst versuchen zu reisen. Fliege nach Tasmanien! Packe deine Beutel und fliege weghaus, jetzt!"

13. DER SPION

In Japan nannte man es Teppan Yaki. Man nahm Platz direkt an der Grillplatte, bekam eine Schürze wie beim Friseur umgelegt und der Koch hatte eine große Mütze auf.

Ähnlich war es auch in Südkorea. Der Koch guckte so ernst, wie es nur ein Meister kann, und stellte Schälchen mit Saucen und Kimchi vor uns hin. Kimchi, eingelegter Chinakohl, war nicht jedermanns Sache. „Schmeckt wie vergorene Pantherpisse!", hörte ich einen europäischen Gast flüstern.

Der Koch hatte ein paar große Garnelen auf seine Grillplatte gelegt, wendete sie nach einer Weile geschickt und packte sie irgendwann auf unsere Teller. Mh, lecker! Mein koreanischer Gastgeber teilte den gewaltigen roten Kopf mit den langen Fühlern elegant ab. Ich tat es ihm irgendwie nach. Dann tauchte er den Garnelenkopf, der ungefähr so groß war wie der Rest des Tieres, in ein Schälchen mit Sauce und schob ihn in einem Stück in seinen Mund. Ich versuchte, meine Verblüffung zu verbergen, setzte ein möglichst cooles Gesicht auf und konzentrierte mich auf den wohlschmeckenden Garnelenkörper. Den Kopf bugsierte ich an den Rand des Tellers. Der koreanische Gastgeber indes rollte den ganzen Leib seiner Garnele an den Tellerrand. Der Koch verstand und ließ das leckere Fleisch im Abfall verschwinden.

Als Nächstes gab uns der Meister etwas Gemüse. Vorher nahm er meinen Garnelenkopf vom Teller, um ihn zu meinem Erstaunen zurück auf die heiße Grillplatte zu legen. Danach bekam ich ein paar gebratene Zwiebeln und nach einer Weile den aufgewärmten Garnelenkopf wieder zurück, der mich mit seinen großen Augen freudig anblickte.

Ich ignorierte ihn. Er guckte nach kurzer Zeit recht verdrießlich und auch der Koch wurde ernster. Er nahm den Erkalteten irgendwann wieder herunter und wärmte ihn erneut auf. Dann schob er mir ein paar gegrillte Scheibchen Fleisch auf den Teller und mit einem schnellen Griff, ich konnte es nicht verhindern, wieder den heißen Garnelenkopf. Dieser schaute nun so unfroh wie der Koch. Sie hatten sich offensichtlich gegen mich verbündet.

Ich ging im Geiste alle James-Bond-Filme durch. Natürlich, so musste es sein: Ich war in Feindesland und man wollte mir einen Spion unterschieben, der mich mit seinen großen Augen von innen ausspionierte. Endospionage!

Ging es um bakteriologische Kriegsführung oder suchte man einfach Spender von makellosen Verdauungsgängen für illegale Transplantationen? Wie konnte ich das herausfinden?

Ich sah der Garnele tief in die Augen, aber sie verzog keine Miene. Auch der Koch guckte nur wie ein Koch. Aber wenn mein Verdacht richtig war, dann ... Vorsichtshalber zog ich mehrere Döschen aus meiner Handtasche und breitete meinen gesamten Tablettenvorrat auf dem Tisch aus, um zu demonstrieren, dass bei mir nichts mehr hundertprozentig funktionierte. Volltreffer. Erst wurde der kleine rote Spion vom Mitleid ergriffen und dann vom Koch. Er gab ihm das letzte Geleit!

14. WIR SCHÄRFEN ALLES

Herr Zwickel hatte schlechte Laune. Sein Kopf schmerzte, seine Hose war zu eng und nun musste er auch noch einen Umweg machen, um den Auftrag seiner Frau auszuführen.

Der Verkäufer des Haushaltswarengeschäftes hatte auch nicht seinen besten Tag. Die Kaffeesahne roch verdorben und irgendwer hatte sein neues Auto verkratzt.

„Hallo", knurrte Herr Zwickel, als er den Laden betrat.

Der Verkäufer grüßte unfroh zurück.

„Schärfen Sie japanische Spezialmesser?"

Der Verkäufer deutete stumm auf das Schild hinter sich:„Wir schärfen alles!", stand da in Großbuchstaben.

„Sie schärfen alles? So ein Quatsch!" Das offensichtliche Desinteresse des Verkäufers brachte Herrn Zwickels Blut schlagartig in Wallung. „Das ist eindeutig gegen die Wettbewerbsregeln – unlauterer Wettbewerb ist das!"

„Wieso?", murmelte der Verkäufer griesgrämig und hoffte nur, der nervige Kunde würde ihn der Ruhe seines Ladens überlassen.

„Ich arbeite in der Behörde und werde Sie anzeigen!"

„Wieso, wir schärfen doch alles?!"

„Ist doch nicht wahr, wenn Sie alles schärfen würden, dann könnte ich Ihnen ja auch meine Frau bringen, zum Beispiel!"

„Natürlich!" Der Verkäufer gähnte verhalten.

„Sie wollen mich wohl für dumm verkaufen!"

„Warum sollte ich?"

Herr Zwickel holte tief Luft, sah aus dem Fenster, dann fragte er gefährlich ruhig:

„Was kostet denn Frauenschärfen?"

„Weiß ich nicht, muss ich erst Ihre Frau sehen!"

„So ungefähr!"

„Ein guter Allzweckschliff liegt bei 500 Euro pro Seite!"

„Ganz schön teuer!"

„Na ja, kommt auf den Schliff an: Wellenschliff, Diamantschliff, Yanagi-Sashimi-Schliff, Hohlschliff."

„Egal, Hauptsache schön scharf!"

„Ist gut, dann nehmen wir erst einmal den einfachen Hausfrauenschliff. Wenn wir in der Werkstatt so einen Grundschliff machen, ist das der sogenannte ballige Schliff, d. h. wir nehmen da, wo was zu dick wird, Material weg, damit andere Stellen wieder scharf aussehen!"

„Hört sich gut an!"

„Und möchten Sie hinterher noch einen Feinschliff?"

„Was soll der bringen?"

„Lange Schnitthaltigkeit!"

„Was heißt das denn?"

„Bleibt lange scharf!"

„Das ist gut!"

„Also, Sie hätten gern: einfacher Hausfrauengrundschliff beidseitig, Feinschliff beidseitig und Vorarbeiten: Entfernen hartnäckiger Verschmutzungen, Behandlung mit Fettlösemitteln und so weiter."

„Halt, Sie sagen das so: einfacher Hausfrauengrundschliff! Gibt es denn noch etwas anderes?"

„Luxusschliff."

„Was ist das denn?"

„Das ist der einfache Grundschliff plus – na ja, die Fachbegriffe sagen Ihnen ja sowieso nichts."

„Ich will sie jetzt trotzdem hören!"

„Also gut, wenn Sie unbedingt wollen: Zu dem einfachen Grundschliff kommen dann noch die Höhlen- und Röhrentour und die Gewichts- und Gesichtskontrolle einschließlich Pressen, Bügeln, Fassade-Restaurieren!"

„Und was ist die Höhlentour?"

„Hab ich doch gleich gesagt, Sie wissen es nicht.

Die Höhlentour ist das sorgfältige Kontrollieren und Auffrischen von Mundhöhle, Augenhöhle, Bauchhöhle, Nasenhöhle, Stirnhöhle, Kiefernhöhle und Achselhöhle!"

„Und die Röhrentour?"

„Teile überprüfen und Dichtungen auswechseln bei Luftröhre, Harnröhre, Speiseröhre und Legeröhre."

„Donnerwetter!"

„Wenn Sie den Luxusschliff bestellen, können Sie noch zusätzlich den Steilzahnschliff machen lassen!"

„Steil-Zahn-Schliff?! Wie geht das denn?"

„Bremsbacken auswechseln und rundherum geilfeilen!"

„Klasse!"

„Der ist aber nicht billig!"

„Egal, den nehme ich! Für meine Frau ist mir doch nichts zu teuer!"

„Dazu käme dann natürlich noch unser Finish: unser Pflegepaket für strahlenden und funkelnden Glanz ganz ohne Streifen. Frostschutz, Knitterschutz usw. eingeschlossen!"

„Na ja, wenn schon, denn schon!"

„Sehr vernünftig, wie ist Ihr werter Name!"

„Zwickel."

„Gut, Herr Zwickel, Sie entscheiden sich also für den Steilzahnschliff + Finish.

Wenn Sie Ihre Frau nächste Woche vorbeischicken, bekommen Sie in spätestens drei Tagen Ihren alten Küchenhelfer superscharf zurück. Ich sag Ihnen, das wird der Hingucker, pikant und verführerisch, wie neu! – Ach ja, möchten sie die Lieferung im seidenverzierten Geschenkkarton?"

„Nein, danke, das ist nun wirklich nicht nötig!"

„Vielen Dank und auf Wiedersehen, Herr Zwickel!"

Als Herr Zwickel nach ein paar Tagen wieder den Laden betrat, empfing ihn der Verkäufer mit siegessicherem Lächeln:

„Herr Zwickel, Sie wollen Ihre Frau abholen!"

„Wie ist es geworden, ich bin ja soo gespannt!"

„Wunderbar, einfach wunderbar!"

„Schauen Sie, Herr Zwickel"

Der Verkäufer zog einen Vorhang zur Seite, der den Blick in einen Raum freigab, in dem eine Blondine saß, die jedem Mann in Sekundenschnelle die Hitze ins Gesicht und sonst wohin steigen ließ. Frau Zwickel, unglaublich!

„Na, habe ich zu viel versprochen?" Der Verkäufer klopfte ihm auf die Schulter.

„Ein Wunder!" Herr Zwickel legte überwältigt seine Kreditkarte auf den Tresen und der Verkäufer reichte ihm den Beleg zur Unterschrift.

„Gerda, Süße, komm nach Hause!" Herr Zwickel streckte besitzergreifend den Arm aus.

Gerda betrachtete ihren Gatten gelassen und rührte sich nicht.

„Was ist, Liebling?", fragte er in freudiger Erwartung.

„Ich will nicht", antwortete sie langsam.

„Warum nicht?"

„Weil ich nicht will!"

„Gerda, du kommst sofort zu mir!"

Sie rührte sich nicht.

Herr Zwickel wandte sich wutschnaubend an den Verkäufer: „Das ist etwas, was ich sofort reklamieren muss!"

„Nein, nein!" Der Verkäufer warf Gerda einen heißen Blick zu. „Das ist ganz normal. Moment, ich kontrolliere: Sie hatten Steilzahnschliff plus Finish und das ganze Pflegepaket, Polieren, Unterbodenschutz, Frostschutz, Knitterschutz und, ja, da haben wir es, eine besonders lang anhaltende Anti-Haft-Beschichtung! Das wird es sein, die ist bei uns eben besonders gut, nicht wahr, Gerda, Liebling?"

15. TEE

Sie war schon lange hinter ihm her. Er sei so aufbrausend geworden, sein Blutdruck sei zu hoch, und das liege sicherlich an seinem unmäßigen Kaffeekonsum!

„Philipp, du musst endlich auf Tee umsteigen!"

„Niemals", sagte er, „Kaffee ist eine Weltanschauung! Mein Vater trank Kaffee, meine Mutter trank Kaffee, und ich jetzt soll ich Tee trinken? Du kannst doch nicht aus einem knackigen, aufgeweckten Kaffeetrinker einen schlappen Teebeutel machen!"

Sie kannte kein Erbarmen. Jetzt sei aber Schluss. Tee sei gut für ihn, gut für sie und schließlich auch für die armen zermahlenen Kaffeebohnen!

Am nächsten Morgen blieb er im Bett. Es war Sonntag. Es hatte gar keinen Sinn aufzustehen, ohne Kaffee war der Tag eh verdorben.

„Liebling!" Sie erschien mit einem Tablett voll dampfender Tassen. „Such dir einen Tee aus, der dir schmeckt!"

Er schielte unwirsch auf die brodelnde Gesundheit: schwarz, grün, gelb, rot. „Pfui, Teufel!"

„Schatzi, bitte versuch es doch – für mich!"

„Na gut!" Philipp nahm eine Tasse mit moderfarbener Flüssigkeit in die Hand. Es roch irgendwie nach Krankenhaus.

„Nein", er stellte sie wieder zurück. „Jetzt will ich schon mal Tee trinken, und dann hast du nur so Merkwürdiges!" Er schnupperte übertrieben an der Rooibos-, Darjeeling- und Pfefferminztasse. „Das kriege ich nicht runter!"

Sie betrachtete ihn misstrauisch. „Ist gut, ich besorg dir etwas anderes." Er kuschelte sich in die Kissen und hörte, wie sie kurze Zeit später das Haus verließ. Als er wieder aufwachte, stand sie erneut mit einem Tablett vor ihm und strahlte.

„Ich habe alle Nachbarn und Freunde abgeklappert! Jetzt ist bestimmt etwas für dich dabei, Liebling, Früchtetee, Frühlingstee, Piña Colada-Tee …"

Er rümpfte die Nase.

„Hier, dieser mit den besten Grüßen von Frau Müller: Omas Tee, Vaters Tee und Mutters Tee!"

„Ist ihre Verwandtschaft an Tee gestorben?", knurrte er und schnupperte an den letzten beiden Tassen.

„Kamillentee und Fencheltee!"

Er ließ sich in die Kissen zurückfallen. „Ich bin doch nicht krank!"

„Noch nicht", sagte sie spitz, „nun trink schon!"

Es war nichts zu machen, beleidigt räumte sie das Feld, aber er kannte sie, sie würde nicht aufgeben. Inzwischen war es fast drei Uhr geworden. Wenn sie sich etwas in den Kopf gesetzt hatte … Und da kam sie schon, flötend wie ein Vögelchen, mit vorzüglichster Sonntagsmiene „Schatzi, lass uns zum Afternoon Tea in das Atlantic Hotel gehen." Es war das beste Hotel am Platz. Das Teetrinken wurde dort ausgiebig zelebriert. „Sie haben dort eine internationale Auswahl und du wirst mit Sicherheit etwas finden, was dir gut schmeckt!"

„Ja", brummte er, „Kaffee!"

„Auch Tee, ach bitte, komm mit, versuch es doch wenigstens einmal!"

Nun ja, er war immer schon ein friedlicher Mann gewesen. Er quälte sich in seine Klamotten, schlich schlecht rasiert, kaputt und mit Kopfweh, wie ein echter Kaffeetrinker ohne Kaffee eben, in das superfeine Hotel und ließ sich erschöpft in einen Sessel fallen. Dann schloss er die Augen.

Der adrette Ober eilte leichtfüßig herbei und fragte nach ihren Wünschen.

„Ich hätte gern Teegebäck und einen schwarzen Tee." Sie lächelte erst den Ober und dann Philipp an.

„Und du, Liebling?"

Liebling öffnete unwirsch die Augen. „Ich möchte einen Fünf-uhrtee!"

„Es tut mir leid, mein Herr", – der Ober verbeugte sich etwas – „aber dafür ist es noch zu früh, es ist erst halb vier."

„Na gut", knurrte Philipp, „dann nehme ich eben einen Tanztee!"

„Tanztee, sehr wohl." Der Ober verzog keine Miene.

„Tanztee! Was soll das! Willst du hier Ärger machen? Philipp, benimm dich! Es gibt keinen Tanztee!" Sie war fast aus dem Häuschen.

„Was willst du denn?", murmelte er dickpelzig und schaute zur Decke. „Der Ober kannte ihn doch!"

Der Ober tauchte wieder auf und servierte einen Tee, der es in sich hatte. Philipp trank schnell und in kleinen Schlück-chen. „Schmeckt er dir?" Sie platzte fast!

„Nicht übel!", antwortete er.

„Was ist es für einer? Lass mich auch mal probieren!" Gut, dass er so weit entfernt saß! Er legte schützend die Hand auf die Tasse. „Bestell dir doch selbst einen!"

Sie bröselte unfroh in ihrem Teegebäck herum und hatte kaum an ihrer Tasse genippt, als er schon den zweiten Tanztee in Empfang nahm.

„Daran könnte ich mich gewöhnen!" Er lachte, seine Augen glänzten und seine Nase hatte sich leicht gerötet.

„Siehst du, mein Schatz!" Sie lächelte sehr zufrieden. War doch klar gewesen, dass sie es schaffen würde!

Plötzlich sprang Philipp auf, riss sie aus ihrem Sessel und begann, in dem engen Raum zwischen den Tischen mit ihr so etwas wie Rock 'n' Roll zu tanzen. Er wirbelte, zurrte und zerrte sie hin und her, ob sie wollte oder nicht, und grölte dabei lauthals und schief einen alten, populären Schlager.

„Hör auf, hör auf", kreischte sie fuchsteufelswild, „was war in dem Tee?"

Er stoppte abrupt, weil er die üppige Blondine am Neben-tisch seitlich angerempelt hatte. Sie war nicht böse, doch er beugte sich vorsichtshalber herunter. „Entschuldigen Sie", sagte er, „nach Tee mit Rum muss man natürlich rumtanzen. Aber ich bestelle mir jetzt einen anderen. Herr Ober!" Er wink-te majestätisch durch den Raum. „Bitte bringen Sie mir ..." – er schaute auf die Dame vor sich, die einen entzückenden Blusenausschnitt besaß – „Herr Ober, ich hätte gern einen ... einen Dekoll-Tee!"

Die üppige Dame lachte lauthals. „Nein, wenn ich es genau überlege", rief er, „Herr Ober, jetzt möchte ich einen Brust-tee!" Dann griff er zu!

In den Augen seiner Frau, des Personals und aller anderen Gäste war das ein riesengroßer Fauxpas, doch für ihn war es ein guter Griff. Er ist nach wie vor leidenschaftlicher Kaffee-trinker und seither glücklich mit dem Brusttee verheiratet.

16. TOWER OF TERROR

Die Rezeption lag verlassen. Seit 25 Jahren hatte hier niemand mehr Gäste empfangen. Die Menschenschlange schob sich um ein abgewetztes Rundsofa herum, auf dem sich verblichene Seidenblumen unter dem Staub der Zeit duckten. Dann gewährte man uns Einlass in einen gut ausgestatteten Empfangsraum mit einem großen Fenster, auf dessen Scheibe das Bildnis eines Mannes erschien. Eine kleine Japanerin begann in ehrfurchtsvoller Haltung von einem Abenteurer zu erzählen. Das war der Mann, der da im Fenster sanft leuchtete. Er hatte irgendwann in seinem Leben leider einmal eine Begegnung mit einem kleinen grünen Ungeheuer gehabt. Mehr konnte ich nicht verstehen, denn ich kann kein Japanisch. Aber dem Oh und Ah der anderen Gäste entnahm ich, dass dies eine spannende Story war, die ein Ende dadurch fand, dass es krachte und blitzte und das kleine grüne Ungeheuer das Bildnis des Abenteurers in der Fensterscheibe verdrängte.

Zum Glück musste die Menschenschlange auch weiter. Sie wand sich durch Gänge, erklomm Treppenstufen und stand. Im Rücken hatte ich die vierzigminütige Wartezeit, von vorn streifte mich ab und zu der Geruch lang verdauter Genüsse. Endlich war es so weit. Auf dem Fußboden vor einigen Türen waren Nummern aufgemalt. Eine kleine Japanerin stellte mich auf Nummer „Sechs". Einem Schild in englischer Sprache entnahm ich, dass ich bei Aufruf dieser Zahl durch eine Tür an einen bestimmten Punkt, ebenfalls mit der Ziffer „Sechs" versehen, zu gehen hatte. Die erste Tür öffnete sich, die Japanerin rief. Niemand rührte sich. Wenn sie „Sechs" auf Deutsch gerufen hätte, wäre ich ja auch gleich gegangen! Man schob mich von hinten und schon bald saß ich angeschnallt in einem Gefährt wie ein großer Reihenfahrstuhl und wartete auf den Terror. Die kleine Japanerin sagte irgendetwas mit rollenden Augen, offensichtlich nicht „Sechs", denn die Menge stöhnte angstvoll auf.

Zuerst fuhr der Schreckensfahrstuhl sanft nach oben. Dort öffnete sich vor uns eine Tür, und wir hatten einen Ausblick über die ganze Landschaft. Die Tür schloss sich wieder und dann raste der Fahrstuhl in die Tiefe. Er raste runter, er raste rauf und wieder runter, er bockte mittendrin, und immer blieb er mal zwischendurch stehen, und es ging wieder eine Tür auf. Ich war froh, dass ich angeschnallt war, hatte ich doch mindestens einmal das Gefühl, als schwebte ich etliche Zentimeter über dem Sitz. Die Leute um mich herum kreischten japanisch. Ich kreischte deutsch.

Irgendwann war die wilde Fahrt zu Ende. Schön war's. Ich schnallte mich ab und verließ zufrieden das Gefährt, schlenderte den langen Weg hinunter zum Ausgang und erstarrte. Dort wartete ein Hochglanzfoto von einer aufregenden Phase der Beschleunigung. Mein Gesichtsausdruck darauf sprach Bände. Ich sah aus, als wenn ich schon jahrelang ununterbrochen mitgefahren und mir das Grauen in Fleisch und Blut übergegangen sei. Dieses Bild brannte sich für immer in mein Gedächtnis.

Tower of Terror! Wie konnte Disney Tokio damals bei der Benennung seiner Attraktionen wissen, dass ich irgendwann einmal vorbeikommen würde?

17. GESUNDHEITSREFORM

„Guten Tag, Frau Püschel, wie geht es Ihnen?"
„Danke, eigentlich ganz gut, aber ich habe seit Tagen schon kräftige Bauchschmerzen!"
„Kein Problem!" Der Doktor hämmerte auf seinem Laptop und ritsch ratsch, schon drückte er mir ein Rezept in die Hand. Ich starrte auf die Buchstaben. „H L Punkt Martin", fragte ich irritiert, „sind das Tabletten oder Zäpfchen?"
„Nichts dergleichen", der Doktor lachte und beugte sich vor, „sprich zu Martin ein Gebet, wenn in deinem Darm was bläht!"
„Sie meinen ...?"
„Jaaaa, ganz recht, den Hl. Martin! Haben sie nicht gelesen, ab morgen tritt die neue Gesundheitsreform in Kraft. Diesmal ist etwas wirklich Gutes dabei herausgekommen. Enge Kooperation mit der Kirche! Es gibt genügend Heilige, die gern etwas tun möchten,
man muss einfach die da oben
bitten und ein bisschen loben!
Adelgund, hast du's gewusst,
hilft bei Krankheit an der Brust!
Burkhard gegen Lendenschmerzen,
die Theres bei Not am Herzen!
Klappt es nicht mit einem Kind,
wende dich an Hyazinth!"
„Ja, das mag ja alles ganz nett sein, aber ich kann mir das im Alltag kaum vorstellen. Was, wenn ich jetzt zum Beispiel einen Schnupfen habe?"
Der Doktor lächelte:
„Maurus, Helfer gegen Schnupfen,
muss man nur am Ärmel zupfen,

dreimal täglich Stoßgebet,
auch die Heiserkeit vergeht!"

„Und was ist, wenn die Erkältung schlimmer wird und ich noch Bronchitis oder Lungenentzündung bekomme?"

„Wenn es dir ganz dreckig geht,
ruf' den Theodulf, der steht
wartend auf 'ner Wolke rum
wie ein Antibiotikum!"

„Ach, nö, ich weiß nicht, da gehe ich doch lieber zu einem Arzt!"

„Ärzte gibt es nicht mehr, die haben alle einen Crashkursus in Rom gemacht und auf Pfarrer oder Gemeindereferent umgeschult!"

„Das heißt, Grippeschutzimpfung gibt es auch nicht mehr?"

„Ist doch völlig unnötig:

Walter, Karl, Liborius,
Klara, Bonifatius,
bete zu der ganzen Sippe,
denn die tun was gegen Grippe!"

„Ich fasse es nicht – Und was ist, wenn ich von der Leiter falle und ins Krankenhaus muss?"

„Krankenhäuser gibt es nicht mehr!"

„Aber wenn ich doch meine Rippen gebrochen habe?"

„Hast du einen Gliederbruch,
schau' hinein ins Liederbuch,
sing' dem Stanislaus zur Ehr'
zwanzig Lieder oder mehr!"

„Unglaublich! – Na ja, wenigstens kann ich mir noch ein paar Schmerzmittel aus der Apotheke holen, wenn die Heiligen nicht schnell genug sind!"

„Medikamente gibt es nicht mehr!"

„Aber die Apotheken ...?"

„... heißen jetzt Heiliotheken und führen nur noch Heiligenliteratur und Gebetbücher!"

„Das ist ja furchtbar!"

„Also, Frau Püschel, ich verstehe überhaupt nicht, was Sie gegen das System haben. Ist zum Beispiel Ihre Hüfte kaputt, dann beten Sie einfach:

Ach Renatus, bitte schenk',
mir ein neues Hüftgelenk!

Es gibt keine Risiken und keine Nebenwirkungen! Der bisherige Krankenkassenbeitrag geht automatisch an die Kirche, die Praxisgebühr in die neuen, schönen, großen Klingelbeutel, und wenn der Hl. Renatus nicht gleich reagiert, erhöht der Pfarrer die Gebetsquote und die Messfrequenz. Na, besser geht's doch gar nicht!"

„Nein, ich kann mir nicht vorstellen, dass das gut funktioniert, ich habe immer noch Bauchweh und finde das alles überhaupt nicht lustig!"

„Ja, manchmal kann es hier auf Erden
leider ganz schön höllisch werden!",

murmelte der Doktor mitfühlend, während er mich aus der Praxis schob, die Tür vor meiner Nase schloss und eilig den Schlüssel umdrehte. „Ich gebe Ihnen einen guten Rat, sozusagen als Geschenk, weil heute mein letzter Tag ist!"

„Welchen?", brülle ich von draußen.

„Bringt das Leben keinen Spaß,
wende dich an Barnabas!
Denn wenn Barnie dich erhört,
gibt es nichts mehr, was dich stört!"

18. FROHES NEUES JAHR

Was um alles in der Welt war daran neu? Immer die alte Leier. Das fing doch schon um null Uhr an. Erst Sekt, dann küssen, dann knallen und am nächsten Morgen der übliche Kater.

Neues Jahr! Ich drückte kräftig gegen die eiserne Tür des Bürohauses. Sie klemmte wie eh und je. Neues Jahr! Weckerrasseln um halb sechs, Verkehrsstau und Sauwetter wie immer. Ich öffnete missmutig die oberen Knöpfe meines Mantels, während ich an den vermutlich vollen Schreibtisch dachte.

„Prosit Neujahr!" Der Portier grinste einfältig. „Prost Neujahr!", rief ein Lehrling aus dem Verkauf. „Frohes neues Jahr!" links, „Frohes neues Jahr!" rechts! Und dann noch Frau Neumann aus der Buchhaltung: „Auf ein Neues!", säuselte sie verzückt. Ich starrte sie erbost an. Nein, nein, ich wollte und konnte es nicht mehr ertragen. „Auf ein Neues!", wiederholte Frau Neumann mit Nachdruck. Das war zu viel. „Guten Tag, Frau mann", sagte ich hinterhältig und beschloss, das Wörtchen „neu" aus meinem Sprachschatz ein für alle Mal zu streichen. Frau mann war sowieso von gestern.

Nach diesem Entschluss fühlte ich mich schon viel wohler. Leider scheiterte kurz darauf das Buchen einer Wochenend-Bahnreise daran, dass das Reisebüro mir nicht glaubte, dass es in Bayern ein Schloss schwanstein gebe.

Beim Besuch der Autowerkstatt in der Mittagspause hatte ich mehr Glück. „P!", sagte ich. „P!" und nochmals „P!". Der Kfz-Mechaniker starrte mich ungläubig an. Dann deutete ich auf meine Reifen. Er verstand. „Pneu!", rief er erfreut und begann unverzüglich mit dem Reifenwechsel, den er dann wegen meiner offensichtlichen Behinderung auch wesentlich schneller als sonst durchführte.

Na ja, sonst lief alles genauso wie immer. Ich traf Frau Moritz, die alte Klatschbase aus dem Einkauf, die gerade einen Disput mit Herrn Meier hatte. „Was meinen Sie?", wandte sie sich an mich, „ich sage, das beste Restaurant der Gegend steht in Neumünster. Herr Meier ist natürlich wie immer anderer Meinung." Ich schaute beide freundlich an und lächelte. Dann sagte ich ruhig: „Ich bin erdings ganz tral!"

„Wie bitte?" Frau Moritz hielt mir ihre parfümverseuchten Haare unter die Nase.

„Ich bin erdings ganz tral!", wiederholte ich.

„Neumünster?", fragte sie drohend.

Ich nickte, obwohl ich mich doch eigentlich nicht einmischen wollte, und sagte: „münster!"

„Neumünster", brüllte sie, „Neumünster, und überhaupt, ich wette, Sie waren überhaupt noch niemals in Neumünster!"

„Doch, doch", antwortete ich, „lich! lich war ich in münster!"

„Was haben Sie dort gemacht?", fragte sie irritiert.

„Frau Moritz, Sie sind gierig wie eh und je!", murmelte ich und wandte mich ab, denn ich bekam ganz plötzlich starke Kopfschmerzen.

Mit wehendem Mantel eilte ich zur Apotheke. Man empfahl mir Tabletten gegen ralgie, wollte sie mir aber erst nach dem Besuch eines Arztes aushändigen. Der jedoch schickte mich noch in derselben Stunde zum Psychiater. So ein netter Mann! Er sagte, ich hätte eine rose. So etwas könne man im Laufe der Zeit tralisieren, aber ich sollte mich nicht zu sehr bemühen, weil ja sowieso irgendein Verrückter irgendwann eine tronenbombe werfen würde, und dann würde sich das Problem von selbst lösen. Bis dahin empfahl er mir, einmal richtig auszuspannen, am besten ganz weit weg, weil das auch schon helfen würde.

Ich rief dann wieder das Reisebüro an, obwohl ich ja schon mit schwanstein so schlechte Erfahrungen gemacht hatte.

„Schönen guten Tag", trug ich höflich vor, „mein Psychiater

hat mir lich gesagt, ich hätte eine rose, und die soll ich durch Fernurlaub ein bisschen tralisieren lassen. Deswegen brauche ich dringend Prospekte von fundland. Haben Sie Prospekte von fundland?"

„Ja, natürlich", antwortete der junge Mann am anderen Ende, „wir haben alles, schwanstein, seeland und fundland. Ich weiß nur nicht, wo die Broschüren im Moment gerade liegen, wissen Sie, denn ich bin hier ein ling!" Dann legte er auf. Er war ein ling!

Ich habe da niemals wieder angerufen, weil ich nicht wusste, was ein ling war. Schließlich wollte ich mich ja nicht blamieren. Ein ling! Also, das war mir wirklich völlig neu!

19. GRÜN IST LEBEN

„Frühling", sagte sie, „ist unvergleichlich. Die Natur gibt ihr Bestes, überall sprießt das herrliche Grün in verschiedenen Farbtönen."

„Mh." Er schaute sich zweifelnd um.

„Sieh nur: lindgrüne Pflänzchen, grasgrüne Büsche, darunter dunkelgrünes Moos! Die hellgrünen Blätter der Bäume und in den lenzgrünen Zweigen fröhliche, zwitschernde Vögel – Grünspecht, Grünfink ..."

„Grünschnabel und Grüner Star", sagte er obenhin.

Sie schwärmte weiter: „Sattgrüne Wiesen!"

„Mit grünen Kühen?", fragte er.

„Philipp, spürst du es nicht? Das ist Natur, das ist Leben, und Grün ist die wundervollste Farbe der Welt!"

Am nächsten Morgen überraschte sie ihn mit einer neuen Investition.

„Guck mal", flötete sie, „mein Kleid! Es ist in Maigrün mit hohem Gelbanteil, das ruft positive Gefühle hervor!"

„Ja", murmelte er, „wenn man es auszieht!"

Sie überhörte das geflissentlich und tänzelte unübersehbar vor ihm auf und ab. Er schaute von seiner Zeitung hoch und schaute wieder in seine Zeitung hinein.

„Na gut, wenn du es nicht leiden magst! Ich kann es wieder umtauschen. Aber eins ist klar: Ich bin ein Frühlingstyp und Grün steht mir gut. Außerdem ist es die schönste Farbe der Welt!"

Als er abends nach Hause kam, wartete sie schon auf ihn. Ihm verschlug es den Atem. „Was hast du denn an?", fragte er irritiert. „Ist das das Modell „Brackwasser" in Algengrün oder ist das ein Modergrün, um den noch Lebenden die Vergänglichkeit anzuzeigen?"

„Die Verkäuferin hat gesagt, es steht mir", sagte sie jämmer-lich. „Der Rock ist adventskranzgrün und die Bluse ist be-sinnliches Gründonnerstagsgrün!"

Er musterte sie nachdenklich. „Dir fehlen nur noch ein grie-chischer Lorbeerkranz auf dem Kopf, ein Palmenzweig un-term Arm und in der Hand ein Apfel der Sorte Großmutter Schmidt, die niemals errötet, dann gehst du bestimmt in die Geschichte ein. Aber wenn es dir so gut gefällt …"

„Nein, nein, wenn du es nicht magst! Ich kann alles wieder umtauschen. Ich werde schon etwas anderes finden!"

Am nächsten Tag trug sie oben die böse Künstlichkeit eines Waldmeisterwackelpuddinggrüns und unten ein erschrecken-des Marsmännchengrün. Er sagte, er finde es interessant.

Am nächsten Nachmittag wurde er an einer belebten Kreu-zung in der Stadt beinahe in einen Autounfall verwickelt, nur weil sie über die Straße ging. Sie war bekleidet mit dem Mo-dell „grüne Welle". Das war nicht unbedingt ein Beitrag zur Verkehrsberuhigung, denn die Farbe Ampelgrün forderte auf: „Jetzt geht's los!", und die grünen Pfeile auf Po und Brust für freie Fahrt brachten den Verkehr beinahe zum Erliegen, zeig-ten die Pfeile doch in gegensätzliche Richtungen.

Trotz quietschender Reifen und Rundherumgehupe lud er sie in sein Auto ein und schlug ihr vor, um eventuellen Scha-den abzuwenden, dass sie doch gemeinsam einkaufen gehen könnten. Sie strahlte, denn das hatte sie sich schon immer gewünscht, und schon bald standen sie im exklusivsten Ge-schäft am Platz.

„Was darf ich Ihnen zeigen?", fragte die überaktive Verkäufe-rin. „Ich habe zum Beispiel etwas ganz Hübsches für Sie, zum Spazierengehen im Stadtpark, ein Kleid in Lausgrün …"

„Das fehlte noch", knurrte er, packte seine Frau am Arm und zog sie hinter sich her wie ein Hündchen an der Leine. Nebenan vor dem Reisebüro stoppte er aufatmend. „Schatz, wo möchtest du denn hin?"

„Oh prima, welch eine gute Idee, ich möchte nach Irland",
rief sie stürmisch, „Irland, die grüne Insel, oder Las Vegas mit
dem herrlichen Roulettegrün auf den Spieltischen! Du weißt
doch, Grün ist die Farbe der Natur und des Lebens und der
Hoffnung!"

Er konnte es nicht mehr hören.

„Na, dann habe ich ja Hoffnung, dass du irgendwann noch
mal wieder normal wirst!", blaffte er, ließ sie stehen und verschwand in der Menschenmenge.

Am nächsten Morgen musste er geschäftlich verreisen. Als er
sie dort so klein in der Küche stehen sah, in ihrem Schlafanzug in Schimmelpilzgrün, tat ihm seine Reaktion vom Vortag
leid. „Tschüß, Liebes", sagte er und gab ihr einen Kuss, „in
drei Tagen bin ich wieder da. Vergiss mich nicht!"

Nein, natürlich würde sie ihn nicht vergessen, sie würde alle
Kraft aufwenden, um es ihm besonders schön zu machen, denn
eigentlich war er ja ein netter Kerl, wenn er seine Frau auch
nicht verstand, aber welcher Mann tut das schon!

Als er nach Hause kam, fand er sein Häuschen nicht mehr.
An der Stelle, wo es hätte sein müssen, stand ein dunkles
Haus in der Farbgebung grüne Hölle. Die Fensterläden wa-
ren allerdings in beruhigendem Baldriangrün gestrichen. Die
Tür öffnete sich, ein fröhliches Laubfroschgrün fiel ihm um
den Hals und rief: „Es ist alles im grünen Bereich!"

„Ich wünschte, ich wäre eine Stabheuschrecke", seufzte er.

„Warum?" Sie guckte verständnislos.

„Die ist farbenblind!"

„Das wäre aber sehr schade, denn heute Abend gibt es Fisch",
sagte sie, „einen Dornhecht. Wenn du farbenblind wärst,
würdest du nicht sehen, dass er grüne Gräten hat!"

Er sah beim Essen die grüne Farbe der Gräten, aber sie war
ihm ziemlich egal, als er ein paar davon quer im Hals stecken hatte. Er röchelte! Und er röchelte noch im Krankenhaus. Doch als dann ein paar Männer in schetterigem OP-

Grün um ihn herumstanden, war es schlichtweg zu viel für ihn.

„Grün ist doch Leben!", jammerte sie verständnislos, die Witwe, die grüne.

20. GEBALLTE MUTTERSPRACHE

Sprichwörter und Redewendungen zur Geschichte geformt

Es war am St. Nimmerleinstag, als eine abgetakelte Fregatte den Arzt aufsuchte und ihm ihr Leid klagte: „Ich bin ein gefallenes Mädchen! Ich kann keine großen Sprünge mehr machen und komme auf keinen grünen Zweig mehr." Der Arzt schnupperte. Sie stank nach Geld. Das roch er gern. „Guter Rat ist teuer!", brummte er und hielt die Hand auf.

Sie wollte ihm zuerst ihre kalte Schulter zeigen, doch die interessierte ihn nicht sonderlich. Dann öffnete sie ihre Bluse. Das ließ tief blicken.

„Sie sind schwach auf der Brust", stellte er fest, „doch haben Sie Sonne im Herzen." Dann bat er sie, den Mund zu öffnen, und fühlte ihr vorsichtig auf den Zahn, obwohl sie eine Lippe riskierte. Sicherheitshalber ließ er sie mal eine bittere Pille schlucken. „Auf jeden Fall haben Sie Haare auf den Zähnen und eine spitze Zunge", murmelte er, dann setzte er sich in seinen Sessel und machte erst einmal Foftein.

„Aber Herr Doktor!" Die Frau legte jetzt richtig los. „Mir ist eine Laus über die Leber gelaufen, und seither juckt mir das Fell. Ich habe Hummeln im Hintern, große Rosinen im Kopf, Schlitzohren und einen musikalischen Hinterkopf. Ich gehe wie auf Eiern und, was das Schlimmste ist, ich bin schief gewickelt."

„Gut, gut!" Der Arzt sprang auf. „Wer schön sein will, muss leiden. Ich mache Sie augenblicklich zur Minna." Die Frau strahlte.

Zuerst stellte er ihre Ohren auf Durchzug, damit sie Dampf ablassen konnte. Dann nahm er sie auf die Schippe und zog sie durch den Kakao. Ein paar Minuten ließ er sie in die Röhre gucken, was sie, ohne mit der Wimper zu zucken, schaffte, obwohl er ihr Sand in die Augen gestreut hatte. „Was ist mit Ihrem kleinen Dachschaden?", fragte er zwischendurch. „Den müssen Sie sich aus dem Kopf schlagen!" Sie überlegte kurz und bot ihm dann zuvorkommend die Stirn. Daraufhin stieß er sie vor den Kopf und ließ sie noch den Buckel herunterrutschen, bis sie Gift und Galle spuckte.

Anschließend spannte er sie auf die Folter, setzte alle Hebel in Bewegung und drehte sie so richtig durch die Mangel. Nebenbei fragte er ihr noch die Seele aus dem Leib. Endlich konnte sie wieder auf eigenen Füßen stehen. Er drückte ihr leicht den Daumen und kurz auf die Tränendrüse, zog ihr noch ein paar Würmer aus der Nase und hielt ihr dann den Spiegel vor. „Fertig ist der Lack", sagte er, doch bevor er sie zur Kasse bat, legte er sie noch aufs Kreuz und zog ihr die Hammelbeine lang. Nun war sie von Kopf bis Fuß auf Liebe eingestellt, und er ließ sie auf die Menschheit los.

Sie ging wie auf Wolken und traf auch bald einen falschen Fuffziger. Er war ein Kavalier alter Schule, ein toller Kaventsmann und bekannt wie ein bunter Hund. Zurzeit wandelte er gerade auf Freiersfüßen, daher grinste er wie ein Honigkuchenpferd. Sie ging ihm eifrig um den Bart, aber er war kalt wie eine Hundeschnauze. „Liebe geht durch den Magen", brummte er, „mich kannst du nicht mit leeren Worten abspeisen." Doch sie hatte die Sache fest im Griff. „Ich hab dich lieb wie Bauchweh, komm hinein in die gute Stube!", flötete sie, und er roch schon den Braten.

Zuerst goss sie Öl ins Feuer und begann, ihm eilig eine Extrawurst zu braten. Weil ihr die Petersilie verhagelt war, raspelte sie etwas Süßholz und gab ihren Senf dazu. Schließlich wurde alles auf Sparflamme gekocht. Zum Nachtisch gab es Vorschusslorbeeren. Anschließend begann er, die Rosinen aus dem Kuchen zu klauben; das war für ihn ein gefundenes Fressen. Dann wartete er ab und trank Tee.

Leider hatte er schon eine rechte Durststrecke hinter sich lassen müssen, als sie ihm endlich reinen Wein einschenkte. Nun machte er es sich gemütlich, schnallte seinen Gürtel enger und schickte sich an, die Friedenspfeife zu rauchen. Die Frau gab ihm allmählich den Rest. „Lass uns an der Matratze horchen!", murmelte er schläfrig, denn er hatte bereits die nötige Bettschwere und kippte fast aus den Pantinen. Er musste sich dringend in das gemachte Nest legen. Halb zog sie ihn, halb sank er hin. „Du kannst mich gern haben", flüsterte sie und rückte ihm dicht auf die Pelle. Er war im siebten Himmel.
Als er ihr unter die Arme griff, fuhr er jedoch aus der Haut, denn er erkannte sogleich die nackte Wahrheit. „Du bist wohl in ein Fettnäpfchen getreten!", rief er taktlos. Dann betrachtete er sie genauer, Auge um Auge, Zahn um Zahn. „Es ist nicht alles Gold, was glänzt", dachte er, „aber einem geschenkten Gaul schaut man nicht ins Maul."
„Lass uns das Licht ausmachen", kicherte sie, „im Dunkeln ist gut munkeln!" Er war einverstanden, denn nachts sind alle Katzen grau.

21. GENAU WIE KUSCHELS BRUNO!

„Geh nicht so krumm und latsch nicht über den großen On-kel!" Ich streckte mich folgsam, sackte aber spätestens eine Minute danach wieder zusammen. „Steh gerade!" Die unge-duldige Hand meiner besorgten Mutter klatschte aufmun-ternd auf meine hängenden Schultern.

„Das hat sie von Tante Martha", brummte mein Vater und sah mich missbilligend an.

„Ja, jaaa", seufzte meine Mutter ergeben. Dann war das The-ma beendet und ein kleines achtjähriges Mädchen schickte ein Stoßgebet zum Himmel, voller Dank, dass Tante Martha Schuld hatte.

Mein Vater hatte nur eine Schwester, eben Tante Martha. Mei-ne Mutter dagegen hatte wimmelndes Familienleben genossen, einen Bruder und sechs Schwestern. Ich war bisher keinem von ihnen begegnet, aber ich kannte von jedem ein Stück.

„Du hast Füße wie Tante Hannchen", sagte meine Mutter, wenn ich meine Strümpfe auszog.

„Du hast ein Gebiss wie Tante Trude", murmelte mein Vater unfroh, wenn ich meine Zähne hungrig in das Butterbrot schlug. Und „Du hast die Ohren von Onkel Paul!", schimpf-ten beide, wenn sie mich lauschend hinter der Tür erwisch-ten, und ich überlegte lange Zeit, ob Onkel Paul nun ohne Ohren herumlaufen würde, wenn ich doch seine hatte.

In diesem Stil ging es endlos weiter ... „Du hast einen Gang wie Lotte! Du hast Bummelbacken wie Mariechen und eine Nase wie Tante Elfriede, und sie steckt sie auch überall hinein und überhaupt! Du bist ja ganz der Opa!" Wie ich als Mäd-chen ganz der Opa sein sollte, leuchtete mir nicht so recht ein, aber ich machte mir keine weiteren Gedanken darüber, denn als ich irgendwann einmal ein Bild von Opa sah, wusste ich, dass das ganze Gerede Quatsch war, denn Opa, das war der Beweis, hatte nur ein Bein und ich hatte zwei.

Die Verwandtschaft wohnte nicht nur weit voneinander entfernt, sie war auch etliche Jahre lang heillos zerstritten. Man sah sich dann irgendwann zwangsweise bei Opas Beerdigung. Allgemein betroffen von diesem Beweis des Älterwerdens verabredete man für ein paar Monate später ein großes Familientreffen.

Ich war elf Jahre alt und zu diesem Zeitpunkt sehr neugierig. Aufgeregt zog ich mein frisch gewaschenes und gebügeltes Sonntagskleid an, Vater schlüpfte in seinen dunklen Anzug und Mutter trug irgendetwas Todschickes in Dunkelblau, dazu eine frisch gelegte Dauerwelle.

Nach der Beerdigung traf man sich im Haus von Tante Maria, das war die mit den Bummelbacken. Sie drückte mich wild an dieselben, die mir weich, rund und aufgeplustert entgegenquollen. Dann knutschte sie mich so lange ab, bis Tante Trude nach mir griff. „Kindchen!" Sie bleckte die Zähne wie ein Orang-Utan (solche Zähne sollte ich haben?), dann übergoss sie mich mit Küssen. Ich hatte verdammt noch mal die Nase gestrichen voll von der Knutscherei und unterlief gekonnt den herannahenden Angriff von Tante Elfriede, die sogleich beleidigt ihre lange, dünne Nase rümpfte. Hinter ihr erschien Tante Adele, drückte mich kurz an den Busen, den sie nicht hatte und den ich auch kriegen würde, und zeigte mir verzückt ihren Spätnachkömmling, ein verzogenes vierjähriges Söhnchen. Das Söhnchen, das ich auf den ersten Blick nicht ausstehen konnte, sah mich kess an und sagte angeberisch: „Meine Mama hat Flaaaatulenz!" Alle schüttelten sich aus vor Lachen. „Ist er nicht süß?", fragte Tante Adele stolz.

Ich zupfte meinen Vater am Ärmel. „Papa, was ist Flatulenz?" Vater schaute nur kurz zur Seite. „Du hast so viel von Tante Adele, das wirst du auch erben, wart's nur ab."

An dem Nachmittag beobachtete ich das Söhnchen und Tante Adele argwöhnisch. Jedes Mal, wenn sich ein Familienmitglied vom Stuhl erhob, rannte das Söhnchen hin und roch an der gerade frei gewordenen Sitzfläche. Ich konnte mir keinen Reim darauf machen, hatte aber irgendwie das Gefühl, dass mir in meinem Leben noch Schweres bevorstand.

Endlich erschien jemand in meinem Alter. Meine Cousine Püppi. Püppi offensichtlich deshalb, weil sie sich geduldig von jedem abschlecken ließ, sich jedem auf den Schoß setzte, immer nett und freundlich lächelte und einfach wie ein süßes Püppchen aussah, klein, zart und hübsch. Wir hatten nichts gemeinsam außer den Füßen von Tante Hannchen. Während Püppi das Wohlgefallen aller Verwandten auf sich zog, stand ich gelangweilt in der Ecke. Ich war es gewohnt, in Hosen durch den Wald zu springen und fühlte mich in meinem Kleid sehr ungemütlich. Außerdem hatte es bereits einen Saftfleck und ein paar deutliche Hinweise auf unvorsichtigen Schokoladenverzehr. Um Püppi auf mich aufmerksam zu machen, begann ich, Opa zu spielen. Opa spielen hieß, auf einem Bein stöhnend herumzuhüpfen.

Nun wäre es zwar schon schlimm gewesen, in dem Zimmer auf einem Bein herumzuhüpfen, weil es sehr klein war und man sicher alle angestoßen hätte, aber dann auch noch zu sagen, dass man Opa spiele, der noch nicht allzu lange tot war und dazu noch zu stöhnen, das war total verwerflich.

Auf jeden Fall wirkte es positiv bei meiner Cousine. Innerhalb kürzester Zeit, wir spielten Verstecken in Schränken und Ecken, sah das Püppchen so vermatscht aus wie ich. Irgendwann fiel mein Blick auf die Garderobe. „Verkleiden", flüsterte ich und schnappte mir etwas Felliges, das mich sehr faszinierte. Es war ein Pelzkragen, bestehend aus zwei Fuchsköpfen, die sich vorn über der Brust trafen.

Püppi setzte den nagelneuen teuren Hut von Onkel Paul auf und drapierte die rote Kostümjacke von Tante Trude so, dass ein Ärmel des guten Stückes munter über den Boden schleifte. So geschmückt erschienen wir vor der Verwandtschaft. Erst breitete sich unheilvolle Stille aus. Dann ein Schrei. Dann ein allgemeiner Tumult. Tante Elfriede stürzte sich fluchend auf Püppi und entriss dem ungezogenen Kind ihren ganzen Stolz, den Fuchsumhang. Püppi verschwand heulend und ließ Kostümjacke und Hut einfach auf den Boden fallen. Ich blieb stehen und sah in aufgeregte rote, schimpfende Gesichter. „Sie hat die kleine Püppi verführt!", schrie Tante Hannchen empört. „Ja, ganz genau wie Kuschels Bruno!", kreischte Tante Trude. Das war der Anfang vom Ende. Ich hatte zwar die Füße von Tante Hannchen, den Gang von Lotte und vielleicht sogar die Flatulenz von Tante Adele, aber mein Vater ließ sich nicht sagen, dass seine Tochter vom damaligen Dorfbeglücker Bruno Kuschel stammte.

Nach diesem Familientreffen sprach man nicht mehr so viel von der Verwandtschaft.

Ich wurde größer und ich wurde älter und es wurde eine meiner Vorlieben, Briefe und Geschichten zu schreiben. „Das hat sie von Onkel Paul", fand meine Mutter und guckte sehr gerührt. Er war Lesemappenvertreter. „Oder von Tante Anna", trumpfte Vater auf. Die arbeitete auf dem Postamt. Ja, und von irgendeiner fiesen Tante hatte ich den guten Appetit geerbt und darüber hinaus noch die zu schnelle Essgewohnheit von Oma Hühü, der immer alles zu langsam ging.

Nach vielen, vielen Jahren traf man sich wieder. Ich hatte offensichtlich die Knutscherei geerbt und konnte bei der Begrüßung gut mithalten. Die Reihen der Verwandten hatten sich schon etwas gelichtet. „Wo ist Tante Lotte?", fragte ich in die Menge. Die Familie sah mich irritiert an. „Lotte?"

„Wisst ihr, ich kenne Tante Lotte noch nicht!" Schweigen breitete sich aus. „Tja, Lotte", murmelte Onkel Paul. Ich starrte ihn an und wartete auf irgendein finsteres Geheimnis. Es war sehr viel finsterer, als ich dachte. „Lotte", sagte er nachdenklich, „die einzige Lotte, die ich je gekannt habe, war Opas Pferd!"

„Du hast einen Gang wie Lotte", hatte meine Mutter immer gesagt. Ich holte tief Luft und drehte mich um, dabei stieß ich rückwärts an ein Glas, das irgendjemand zu dicht an den Tischrand gestellt hatte. „Ja, ja!" Onkel Paul nickte. „Lotte wusste auch nie, wo sie hinten zu Ende war!" Tante Trude lachte, dass die schweren Brüste auf und nieder hüpften. Sie zeigte dabei ihr, pardon, mein hervorragendes Orang-Utan-Gebiss, das noch niemals einen Zahnarzt gesehen hatte.

Ich betrachtete sie alle nacheinander und fand, ich hatte von jedem mit schlafwandlerischer Sicherheit das Hässlichste erwischt. Bestimmt wäre ich ein hoch bezahltes Mannequin geworden, wenn ich nicht ausgerechnet mit dieser Familie verwandt gewesen wäre.

Meine Cousine Püppi saß zart und edel in der Ecke, aber diesmal hatte ich keine Lust, Opa zu spielen. Sie war dran!

Man unterhielt sich allseits ruhig und friedlich, vielleicht, weil einige schon ausgeschieden waren. Tante Trude legte sogar den Arm um mich. Dabei befühlte sie meine Schulter und quietschte dann: „Oh, du hast ja denselben Rabenschnabelfortsatz wie Tante Maria!" Sie drückte an meinen Knochen herum. „Dann hast du bestimmt auch dieselbe Anlage zum ..." Sie schwieg abrupt. Aber alle wussten, was sie sagen wollte. Tante Maria hatte sich vor nicht allzu langer Zeit auf ihrem Dachboden aufgehängt!

Dann ging es aber doch noch eine ganze Weile weiter, die ganze Palette der in der Verwandtschaft aufgetretenen Krankheiten wurde mir präsentiert. Ich habe eine riesige Auswahl! Eine Sache, das kann ich jetzt schon sagen, werde ich mit Bestimmtheit nicht bekommen, das sind Onkel Pauls Hodenbeschwerden.

Das war das letzte Mal, dass ich die, die übrig waren, sah. Inzwischen knutschen jetzt fast alle woanders. Aber ab und zu melden sie sich bei mir, zum Beispiel wenn plötzlich meine Füße wehtun. Dann sag ich nur: „Lass das, Tante Hann-

chen!", und schon hört sie auf. Wenn ich so darüber nach-
denke, habe ich eigentlich nie gewusst, was denn eigentlich
von mir ist. Alles habe ich von anderen, und im Moment
habe ich genau genommen am meisten mit Tante Adele gemeinsam, denn wir beide leben noch, wenn auch mit diesem
scheußlichen kleinen Busen. Und zum Glück kann ich noch
wunderbar alles ohne Brille sehen. Das kommt daher, weil
ich die großen braunen Augen von Tante Anni habe, und das,
obwohl sie nur angeheiratet war!

22. WIR SIND EIN ORDENTLICHES HAUS

Unsere Messer und Gabeln befanden sich immer in separaten Fächern in der Küchenschublade. Esslöffel auch, wenn sie nicht gerade zum Backen gebraucht wurden, denn dann lagen sie in der Sandkiste.

Der Hammer hielt sich normalerweise im Keller auf, in der gut gefüllten Werkbank. Es sei denn, er wurde gerade beim Bau eines Baumhauses benutzt, dann ruhte er sich irgendwo zwischen Johannisbeersträuchern und Brennnesseln aus.

Klebestreifen und Schere lagen gewöhnlich hübsch ordentlich in meiner Schreibtischschublade. Allerdings waren sie immer etwas hinterhältig und drückten sich gern vor der Arbeit. Sie versteckten sich unterm Bett, duckten sich hinter leeren Chips-Tüten und Wasserpistolen und verkrochen sich bei den Kuscheltieren, um nicht gesehen zu werden. Es half ihnen natürlich nichts, man wusste ja, wo sie waren, irgendwo in einem der Kinderzimmer.

Was wirklich nie ganz korrekt war, war das Verhalten unserer Socken. Die waren und sind offensichtlich immer auf der Flucht, aber nicht paarweise, sondern einzeln. Vielleicht haben sie die Probleme, die alle Paare einmal haben, Eheprobleme! Nach ein paar Monaten Auszeit kommen manche wieder zu ihrer besseren Hälfte zurück. Es gibt aber auch solche gewitzten, die sich in Umzugskartons verstecken und einfach nach Amerika auswandern. Man kann natürlich mit den Socken reden, aber es ist sinnlos, man wird sie nicht ändern, sie sind eben so.

Wie gesagt, wir sind ein ordentliches Haus und Unordnung kam eigentlich erst auf, als die Söhne schon recht groß waren. Es war ein wunderschöner Frühlingstag, als ich total überrascht einen roten Tanga aus der Waschmaschine zog, ein kleines rotes Etwas, dass ich höchstens über ein Bein hätte streifen können.

„Gehört das dir?", fragte ich meinen Ältesten. Er warf nur einen müden Blick darauf: „Nö", murmelte er, „so was trage ich nicht!" Bei Sohn Nummer zwei hatte ich dazugelernt und formulierte genauer: „Weißt du, wem dieses Teil gehört?" – Achselzucken. „Meine Freundin trägt nur schwarz!" Dann war er weg.

Sohn Nr. drei beäugte das unbekannte Objekt sehr eingehend, daraus schloss ich, dass er überhaupt nicht dafür zuständig sein konnte. Sohn Nr. vier grinste hinterhältig „Vielleicht von Frau Schmotzki." Frau Schmotzki war unsere bissige, bauchige Nachbarin.

Blieb noch mein Mann! „Das kann man tragen?", fragte er interessiert.

Ich gab auf und legte das Fitzelchen auf ein Regal im Keller. Es ist immer gut, ein paar Vorräte für schlechte Zeiten zu haben.

Nach ein paar Wochen fand ich einen recht üppigen BH in der Wäsche. Mein Augenmaß sagte mir, dass er viel zu groß für mich war – man konnte vor Neid erblassen! Wie ein Zauberer zog ich ihn beim Abendessen aus dem Ärmel und schwenkte ihn über dem Aufschnitt hin und her. „Wisst ihr ...!" Weiter kam ich nicht. „Caroline!", erscholl es einstimmig. Ein Sohn grinste genießerisch, es war seine Freundin. „Ich hoffe, sie hat noch einen zweiten", merkte ich an. Er zuckte supercool mit den Schultern: „Ist ohne sowieso besser!"

BHs und Tangas von XS bis fast unsichtbar flatterten von nun an wie Schmetterlinge durch unser Haus. Salatschüsseln, Regenschirme, T-Shirts und Jacken, die mit ihrem alten Besitzer nicht mehr zufrieden waren, genossen bei uns in allen möglichen Ecken ihre arbeitsfreien Stunden. Eine nagelneue Pfanne weinte bei uns bittere Tränen, weil sie nach einer größeren Party offenbar einfach lieblos ausgesetzt worden war.

Ein halbes Jahr lang starrte sie mich jedes Mal, wenn ich in den Keller ging, schwermütig an. Endlich ließ ich mich erweichen und nahm sie mit in meine Küche, denn es war Heiligabend und ich konnte jegliche Hilfe gebrauchen, auch die einer fremden Pfanne.

Doch kaum hatte ich ihr ein wenig Feuer unter dem Hintern gemacht, klingelte es an der Haustür. Michi, der Freund eines Sohnes, schleuderte mir mit hochrotem Gesicht ein gehetztes: „Frohe Weihnachten, meine Mutter braucht heute ihre Pfanne!", entgegen. Die Pfanne glühte vor Freude. Ich auch!

„Vermisst dein Vater vielleicht ein paar nigelnagelneue Herrenschuhe Größe 42 oder einen dunkelblauen Kapuzenpulli?" Michi starrte mich an, als sei ich irgendwie behindert.

„Tut mir leid", erklärte ich fröhlich, „da kommen offenbar in unregelmäßigen Abständen Leute zu uns, ziehen sich aus und gehen oben oder unten ohne wieder nach Hause!"

„Mein Vater auch?", fragte er entsetzt.

„Ich habe mich zwar schon auf die Lauer gelegt, aber ich habe noch keinen erwischt", antwortete ich, wahrscheinlich deshalb, weil die Motivationen auch unterschiedlich sind. Es gibt offensichtlich vier verschiedene Gruppen: einmal die total Zerstreuten, die sogar ihr Gehirn irgendwo vergessen würden, dann die Bequemen, die offensichtlich nur den Gang zu den öffentlichen Müllcontainern sparen möchten. Drittens die korrekten Tauschfreudigen, die sich einzelne Socken nehmen und dafür etwas anderes zurücklassen. Und die Leute der letzten Gruppe sind mit Sicherheit total verrückt, die bringen mir ihre Sachen zum Waschen und zum Dank dafür, lassen sie sie mir einfach da!

Michi habe ich danach nicht mehr wieder gesehen. Das tat mir eigentlich leid, wo er mich doch von der Pfanne befreit hatte. Wenigstens die war ich los, aber so allmählich verdrängten die im Vorratskeller zwischengelagerten Findlinge den

Rumtopf und die pikant eingelegten Gurken. Ich schlug vor, alle derzeitigen und Ex-Freundinnen und Freunde zu einer Lost-and-Found-Party einzuladen, um endlich wieder Platz und Ordnung zu schaffen. Das stieß auf wenig Gegenliebe. Aber was dann?

Die Lösung fand ich zufälligerweise ein paar Monate später. Auf einer Fahrt mit der Bahn durch Neuseeland zuckelte der Zug an einer Farm vorbei, die einen – auf den ersten Blick – sonderbaren Zaun besaß. Auf den zweiten Blick wusste ich, dort wohnt jemand, dem geht es genauso wie mir. Er hatte einfach alle Teile, die man so im Laufe der Zeit gebracht bekommt, an seinen Zaun gehängt. In erster Linie waren es Sportschuhe, aber auch Höschen, T-Shirts und diese kleinen entzückenden Stoffrestchen, die man unten drunter trägt. Es war ein sehr, sehr langer Zaun.

Wir haben auch einen Zaun, zum Glück! Wie gesagt, wir sind ein ordentliches Haus!

23. DIE MODERNE HAUSFRAU! –
EIN WAHRER BERICHT!

Neulich steckte in meinem Briefkasten ein dicker Katalog. Das Titelblatt trug die Überschrift: „Magazin für die moderne Hausfrau!" Da ich mich in diesem Bereich des Lebens nicht so auskannte, freute ich mich, neue Anregungen zu bekommen, und schlug interessiert die zweite Seite auf, auf der mich eine wichtige Frage in Großbuchstaben empfing: „Wohin mit dem gesparten Geld?"

Darunter riet mir die moderne Hausfrau, umgehend zu investieren: in Rouladen-Ringe mit neuer Festhaltetaktik, in einen Telekratzer, wenn's am Rücken juckt, und in einen Kübeltragegurt, denn, das wird mir jeder bestätigen, schwere Kübel sind einfach übel! Zweifellos waren das sinnvolle Dinge und ich rechnete schon im Geiste den Betrag zusammen, als mein Auge auf eine andere, vielleicht sogar noch wichtigere Frage fiel:

„Was tun, wenn die BHs leiden? Für BHs, Dessous und andere feine Wäsche beginnt mit jeder Maschinenwäsche eine neue Leidensgeschichte, es sei denn, Sie verwenden ab sofort das Feinwäschenetz der modernen Hausfrau."

Meine armen BHs! Wie konnte ich das nur wiedergutmachen, was ich ihnen mein Leben bzw. ihr Leben lang angetan hatte? Während ich noch grübelte, zeigte dieser hervorragende Katalog, der an mein Geld und mein Gewissen appellierte, weitere Probleme auf, über die ich noch nie nachgedacht hatte, zum Beispiel:

„Was tun, wenn ihr Arm zu kurz ist?" Ich war gespannt, denn ich wusste es nicht, aber zum Glück war ich ja nicht allein. Die moderne Hausfrau empfahl mir, den Mangel mit der flexiblen WC-Bürste „Vera" auszugleichen: „Wir haben die Bürste für tief greifende Erlebnisse, Vera sorgt auch im Dunkeln für klare Verhältnisse!"

Das leuchtete mir ein und ich fand es nett, das die moderne Hausfrau sich auch noch weiterhin um mich kümmerte: „Was hätten Sie denn gern?", wurde ich gefragt, „heiße Wurst oder verbrannte Finger? Wer nicht warten will, bis das Leben selbst die Antwort gibt, greife lieber gleich zur Grillzange ‚Albert'. Außerdem denken Sie bitte auch an Ihren Hund. Je kürzer die Hundebeine, desto schwieriger wird es, auf das Sofa oder auf den Grill zu klettern. Wir lösen das Problem mit unserer Hundetreppe ‚Waldi' in zwei verschiedenen Farben."

Ja, das war so nett, die moderne Hausfrau kümmerte sich um alle, nicht nur um die Haustiere, auch um die Verwandten, z. B. um die tote Oma. „Weil herkömmliche Grablichter viel Müll verursachen und die Lebenszeit von batteriebetriebenen Lichtern sehr begrenzt ist, kaufen Sie unsere Solar-Grableuchte, damit Oma nicht im Zappendustern liegt!"

Auch an die Nachbarn wurde gedacht mit der Frage: „Klagen Ihre Nachbarn über Stechmücken? Dafür gibt es nur eine Erklärung: Seit der Duft Ihrer Zitro-Kerzen Ihren Balkon zur stechmückenfreien Zone macht, landen die Plagegeister einfach nebenan." So viel zum Thema gute Nachbarschaft.

„Doch natürlich können auch Sie zum Frieden in der Welt beitragen. Schenken Sie den Menschen ein Lächeln. Ganz einfach gelingt das mit Opa Schmidt. Stecken Sie dazu die Figur mit einem langen Metallstab in eine Hecke oder hinter den Zaun – schon zaubert Opa Schmidt ein Lächeln auf die Gesichter aller, die an ihrem Garten vorbeigehen. Opa Schmidt für 19,95 Euro aus witterungsbeständigem Kunststoff."

Auch mein Seelenzustand war der modernen Hausfrau wichtig: „Tun Sie etwas für Ihr Gemüt, wer aus Tassen trinkt und von Tellern isst, die abgeschlagene Kanten haben, braucht sich nicht zu wundern, wenn auch das Selbstwertgefühl immer mehr Dellen und Macken zeigt. Doch das ändert sich mit einem Tag auf den anderen, wenn Sie sich und Ihren Lieben das Kaffeeservice ‚Diana' auftischen … servieren Sie Sonne! Die leuchtenden Farben tun der Seele gut!"

„Außerdem", so der Rat, „sollten Sie Ihren I-Kuh-Quotienten steigern – mit der Keks-Kuh. Es muss ja nicht jeder wissen, dass Sie sich während der Arbeit ab und zu einen Keks oder etwas Süßes gönnen. Warten Sie nicht, bis der Magen knurrt und Sie sich schlapp fühlen. Wenn die Konzentration nachlässt, hilft oft ein einziger Griff in die Keks-Kuh und schon geht's wieder mit neuer Energie weiter!"

„Ja, die moderne Hausfrau macht das Leben schön! Jederzeit! Sie suchen das Besondere? Vielleicht etwas Künstliches? Kunst ist nicht nur was für Millionäre, deshalb gibt es jetzt das Barockbild ‚Landschaft' bei uns zu einem vernünftigen Preis, nur 14,95 Euro, denn wir wollen, dass sich alle Menschen den Blick auf diese friedliche Landschaft leisten können. Genießen Sie die Szene, auf der drei zarte Rehe ihren Durst am stillen See löschen, und bereichern Sie Ihr Ambiente mit dem reich verzierten, goldfarbenen Rahmen. Machen Sie es wie die Millionäre – adeln Sie Ihren Wohnstil mit Kunst, z. B. mit dem Barockbild ‚Landschaft'.

Und da Sie ganz tief drinnen spüren, dass Sie ein kreativer Mensch sind, hängen Sie neben das Bild das Wandregal ‚Felsen' aus Kunststein, darauf eine Filzblume mit Dauerblühgarantie und ganz besonders liebreizend ist es, wenn auf dem Wandregal ‚Felsen' noch das Jodel-Murmeltier sitzt. Wenn der Berg ruft, antwortet das Jodel-Murmeltier mit einem herzhaften Jodler. Drücken Sie ihm auf den Bauch. Holereiduliö! Der letzte Schrei, Jodel-Murmeltier für 6,95 Euro!

Ach, im Grunde ist es ganz egal, was draußen in der Welt passiert – in Ihrer Wohnung sind Sie die Königin. Das zeigt sich ab sofort auch daran, dass Sie am Feierabend die Gold-Slipper tragen. Der Tragekomfort ist wahrhaft königlich und wenn andere am Nikolaustag ihre stinkigen Stiefel rausstellen, sind Sie Dank der modernen Hausfrau gerüstet.

Das gilt auch für die ganze Adventszeit. Mit der Girlande ‚Knut', die Eisbärgirlande mit Saugnapfhalterung, geben Sie Ihrem Leben festlichen Glanz! Glänzen soll auch der Kaffeetisch, der mit der Tischdecke ‚Goldspitze' zum festlichen Mittelpunkt wird. Das Material aus 100% Polychlorid lässt sich prima abwischen, darauf können Sie so richtig rumferkeln. Die goldglänzende Spitzendecke macht trotzdem den Alltag zum Festtag.

Auf jeden Fall ist Weihnachten der Höhepunkt des Jahres! Verschenken Sie die liebevollen Produkte der modernen Hausfrau und feiern Sie Weihnachten mit dem Testsieger: den Kugeln aus bruchsicherem Kunststoff, die das Fest der Liebe mit der Verwandtschaft garantiert überstehen!"

24. DIE ERFINDUNG DER SPRACHE

Alle geselligen Wesen kommunizieren untereinander, doch nur die Menschen haben eine Sprache entwickelt, die aus mehr als einer Anordnung von bestimmten Signalen besteht. Wie muss man sich nun das sprachlose Leben der Urahnen vorstellen? Im Großen und Ganzen sehr ruhig! Nur manchmal schrie einer, wenn ihm etwas nicht passte. Ab und zu wurde leise zustimmend gegrunzt, mancher rülpste, wenn er satt war, und alle männlichen Wesen stießen einen bewundernden Pfiff aus, wenn ein scharfes Ur-Weib vorbeikam. Man deutete wortlos mit dem Finger auf etwas, das man haben wollte, oder man nahm es sich, packte die Frau der Träume einfach an den Haaren und zog sie in die eigene Behausung. Wenn ein anderer damit nicht einverstanden war, tippte er kräftig mit seinem Zeigefinger gegen seine Stirn oder zeigte den Mittelfinger, bevor er in größtem Zorn brüllend, aber wortlos mit der Keule zuschlug.

Nicht selten kam es bei all diesen Gesten zu Missverständnissen. Beim Frühmenschen, der zum aufrechten Gang gezwungen wurde, veränderte sich zwar die Position des Kehlkopfes, aber wie sich nun genau die Fähigkeit zum Sprechen entwickelte, lässt sich nicht sagen. Wissenschaftlich erwiesen ist nur, dass irgendwann ein sehr intelligentes Kind geboren wurde, dem die deutsche Silbe „ma" herausrutschte, eine Silbe, die zu den ältesten Worten der menschlichen Sprache gehört.

Klein-Homi probierte ein bisschen herum und bemerkte irgendwann, dass die Mutter heraneilte, wenn er zweimal Mama sagte. Wenn er aber ärgerlich schrie und dadurch dann nur ein undeutliches „Manna" herauskam, dann packte Mama zu seiner Überraschung die Milch aus. Aha!

Eines Tages kam ein großer Mann zu Besuch. Er entfachte mühsam ein Feuer, briet ein Stück Fleisch und betrachtete dabei seinen Nachwuchs. Dieser wurde fast verrückt von dem guten Geruch des brutzelnden Bratens. „Ham", sagte er einfach so. Das sollte eigentlich „haben" bedeuten. Der Mann gab Klein-Homi ein Stück von dem gebratenen Schinken. „Ham!" Ja, und so heißt er ja heute noch! Denken Sie an Klein-Homi, wenn Sie mal im Ausland Frühstück bestellen! Zum Dank für das Fleischstück schenkte Klein-Homi dem Vater die Silbe „pa". Da der aber immer etwas schwer von Begriff war, musste Klein-Homi die Silbe verdoppeln. Nun hieß der Vater Papa, auch eins der ältesten bekannten Wörter. Papa freute sich so sehr, dass er versuchte, für den Kleinen ein Spielzeug zu fertigen. Er suchte sich einen Stein und schlug damit äußerst kraftvoll auf einen zweiten.

Klein-Homi war begeistert. „Ham!", rief er. Doch Papa reagierte nicht, denn diese Silbe bedeutete bereits „Schinken". „Ham, Ma", wandte sich das Kind aufgeregt an seine Mutter. Als sie nicht gleich antwortete, schrie Klein-Homi wutentbrannt: „Hamma, Hamma, Hamma!" Papa gab ihm den Hammer – und wieder war ein neues Wort geboren. Nun kamen täglich weitere hinzu. Einmal hatten sie Besuch von einer Frau und einem Mann. „Oh", rief Klein-Homi erstaunt, „ma!", denn die Frau sah aus wie Mama. Und so fand man auch das Wort „Oma".

An einem anderen Tag erschreckte Klein-Homi ein gemütlich auf dem Nest sitzendes Huhn mit einem tigerartigen Brüllen. Das Huhn stand empört auf, schüttelte den Kopf und ließ dabei ungnädig etwas aus dem Hinterteil plumpsen. „Ei, Ei, Ei!", trötete Klein-Homi überrascht. „Ei?" Das Huhn gackerte lauthals, offensichtlich gefiel ihm der Name. Auch Mama und Papa kamen herbeigelaufen. „Ei!" Sie kennen es. Die Engländer haben daraus „egg" gemacht, na, vielleicht waren deren Eier nicht so oval, sondern eher eggich.

Das Huhn war so begeistert über sein nicht mehr namenloses Produkt, dass es in den nächsten Tagen aus dem Eierlegen nicht mehr herauskam. Klein-Homi begann zu zählen: „Eins, zwEi, drEi ..."

„Vier, fünf", erfand Papa, der hinzugetreten war, aber er hatte leider das System noch nicht so begriffen. „Sechs, sieben!", versuchte die Mama, voll des guten, vergorenen Rebensaftes. Klein-Homi schwieg beleidigt; erst hatten sie seine schöne Ei-Zahlenreihe durcheinandergebracht und nun waren sie nicht mehr zu bremsen. Er machte zwar noch einige Versuche, drEizehn, Einundzwanzig, zwEinundzwanzig, drEiundzwanzig, aber dann wurde er wieder von den eifrigen Erwachsenen überschrien. Ja, so fand man damals die Worte für die Zahlen.

Und täglich ging es mit der Sprache weiter voran. Als Papa sich am Sonntag beim Grillen stark vorbeugte, hörte Klein-Homi, wie er ein lautes Geräusch von sich gab, so ungefähr „Urz!"

„Sch!", sagte Mama und wedelte ärgerlich mit ihren Händen vor der Nase. Dann stand sie auf und holte aus einer Höhle ein Stück Leder. Das band Papa sich dann auf ihr Geheiß um die Lenden. „Sch", ahmte Klein-Homi nach, „urz", und schon war das Wort für Schurz geboren.

Ein paar Tage später sah Klein-Homi in weiter Ferne ein großes Tier und lief hin. Als er ganz nah war, wurde ihm klar: Für so ein riesiges Lebewesen brauchte er Mama und Mut. Er kehrte zurück, traf Papa und versuchte ihm zu bedeuten, was er gerade gesehen hatte. Papa half, so gut er konnte, indem er alle Tiere, die er kannte, stimmlich imitierte: Grunzlaute, Warnlaute, Liebeslaute. Luchs, Kuckuck, Krähe. Es war mühsam, aber endlich imitierte er das Richtige. „Ma-mut!", brüllte Klein-Homi und raste los. „Mammut" nannten es nun auch der Papa und alle anderen, denn es war ihnen aufgegangen, dass Sprache eine echte Zeitersparnis bedeutete.

Einmal, nach dem Grillen bohrte Papa ein paar schöne Löcher in einen großen Mammutknochen, legte seinen Mund daran und blies hinein. Zur Freude aller erklangen ein paar flotte Töne.„Hum Tata!", jubelte Klein-Homi begeistert. Urblasmusik, sie wird heute noch in Bayern gepflegt, nur dass man dort jetzt Blechinstrumente benutzt. Logisch, gibt ja auch keine Mammuts mehr!

Und so lebte man vor sich hin. Man trank die Milch der vorchristlichen Vierbeiner, die Klein-Homi „Muh" getauft hatte. Die würden heute noch „Muh" heißen, wenn nicht irgendeinem Keilschrifthauer das M zu mühsam gewesen wäre und er nicht stattdessen das schneller zu keilende K genommen hätte. So schritten die Jahre voran.

Wenn früher Mann und Frau in einer Behausung verschwanden, wunderte sich Klein-Homi sehr, was sie dort wohl taten. Das Einzige, was er hörte, war ein eigenartiges Bumsen. Nun, wo er erwachsen wurde, wusste er, dass man dort gemeinsam an der Vermehrung und Verbreitung der Sprache arbeitete. Das tun wir auch noch heute, doch wir denken selten darüber nach. Nur manchmal, wenn wir Auto fahren, kommt es vor, dass uns ein aufgeregter, aber schweigender Mensch mit einem prähistorischen Fingerzeig direkt zur Stirn an die Anfänge der Sprache erinnert.

25. DER ORNITHOLOGENKONGRESS

Moderator: „Guten Tag, meine Damen und Herren, hinter Ihnen liegt der 4. internationale Vogelkongress. Forscher aus aller Welt haben sich hier in Hamburg getroffen, um Fragen der Evolutionsbiologie der Vögel und deren Überlebensstrategien, insbesondere auch vor dem Hintergrund der teilweise dramatischen Umweltveränderungen auf allen Kontinenten zu erörtern. Zum Abschluss dieses Kongresses haben wir herausragende Vertreter der Wissenschaft zu einem Gespräch in unser TV-Studio gebeten, die Ornithologin Frau Prof. Kipfel-Mousse aus München und Herrn Prof. Grünberger aus Hamburg. Herr Prof. Grünberger, was sagen Sie zu der These: ‚Alle Vögel sind schon da!'"

Prof. Grünberger: „Ja, also nun, es ist noch recht früh im Jahr und alle Vögel, das ist sicherlich übertrieben!"

Moderator: „Frau Prof. Kipfel-Mousse, sind Sie derselben Ansicht?"

Prof. Kipfel-Mousse: „Nein, absolut nicht! Meine Forschungsergebnisse haben aufgezeigt, dass Amsel, Drossel, Fink und Star schon hier sind, da sich in den letzten Jahren das Brutverhalten dramatisch geändert hat!"

Moderator: „Herr Prof. Grünberger, was sagen Sie dazu?"

Prof. G.: „Kann mir die verehrte Kollegin mal erklären, was die hier so früh wollen sollen?"

Prof. K.-M.: „Herr Professor, der Grund ist, dass ein Vogel Hochzeit machen wollte in dem grünen Walde. Die Amsel war der Bräutigam, die Drossel war die Braute!"

Moderator:	„Herr Professor?"
Prof. G.:	„Wer heiratet denn heutzutage noch, das ist doch schon wer weiß wie lange out! Also zu dem Forschungsergebnis kann ich nur sagen: ‚Fiderallala!'"
Prof. K.-M.:	„Prof. Blauberger …"
Prof. G.:	„Grünberger!"
Prof. K.-M.:	„Ihnen als langjährigem Ornithologen sollte hinreichend bekannt sein, dass es eine Trendwende gegeben hat und Heiraten wieder in Mode ist!"
Prof. G.:	„Ja, ja, Frau Kollegin, und der Uhuhu, der bringt der Braut den Hochzeitsschuh, die Lerche, die bringt die Braut zur Kerche, und der Auerhahn, das ist der stolze Herr Kaplan! Haha, wie ich bereits andeutete, das ist einfach total fiderallala!"
Prof. K.-M.:	„Natürlich, Sie als eingefleischter Junggeselle werden sicher nicht wissen, wie sich das Drosselein fühlt, das Drosselein, das führt nämlich die Braut ins Kämmerlein!"
Prof. G.:	„Natürlich, das kann ich mir gut vorstellen, und vorher kommt noch ein Vogel geflogen, setzt sich nieder auf meinen Fuß, hat ein' Zettel im Schnabel, von der Mutter einen Gruß – das, Frau Kollegin, ist dann nach Ihrer Interpretation sicher gleich der neue Gehilfe des deutschen Postzustelldienstes!"
Prof. K.-M.:	„Selbstverständlich, Herr Professor, ob es Ihnen nun passt oder nicht, die Vögel werden in Zukunft die Postzusteller ersetzen. Sie wissen doch selbst, wie schwierig die Umweltbedingungen sind, da können die Vögel nicht wählerisch sein, auch sie müssen sich anpassen, um zu überleben!"
Prof. G.:	„Welch eine Logik, Frau Kipfel-Mousse, dann müsste es ja in Zukunft so sein: Ich öffne die Tür, weil der Postzusteller geklingelt hat. Er hat

meinen Brief im Mund und springt mir auf den Fuß. Wie gut, dass er kein Paketzusteller ist!"

Prof. K.-M.: „Ich bitte Sie, der Pakettransportdienst ist doch seit Jahrzehnten bereits an die größeren Vögel vergeben. Wer bringt denn immer die großen Bündel mit den Babys? Der Storch, richtig, und das können Sie, Herr Professor, ja nun wirklich nicht leugnen!"

Prof. G.: „Frau Prof. Kupfel-Mies, äh Kipfel-Mousse, Sie sehen nicht aus, als ob Ihnen jemals ein Storch etwas gebracht hat oder bringen würde!"

Prof. K.-M.: „Herr Prof. Grünberger, wissen Sie, was Sie sind? Sie sind ein eingebildeter Molukkenkakadu!"

Prof. G.: „Watschelnde Weißwangengans!"

Prof. K.-M.: „Weißbürzelschwanzläufer!"

Prof. G.: „Zickige Zimtente!"

Prof. K.-M.: „Schwule Gabelschwanzracke!"

Prof. G.: „Albernes Alpenschneehuhn!"

Prof. K.-M.: „Dickbäuchiger Goldscheitelwürger!"

Moderator: „Frau Prof. Kipfel-Mousse und Herr Prof. Grünberger, darf ich Sie in Ihrem interessanten Fachgespräch unterbrechen …"

Prof. G.: „Besoffene Blautscheitelamazone! Saatkrähe, Trottellumme, Spaltfußgans …"

Prof. K.-M.: „Widerlicher Wiedehopf, ruppiger Raufußkauz, karierter Kongopfau, Schmutzgeier!"

Moderator: „Ja, äh, meine Damen und Herren an den Bildschirmen, man scheint sich nicht einig darüber zu sein, ob die Vögel sich den Bedingungen der Zukunft anpassen werden können. Auf jeden Fall denke ich, was sie und die Fachleute uns verkünden, sollten wir uns zu Herzen nehmen: Wir auch sollen lustig sein, lustig wie die Vögelein, fiderallala, fiderallala, fiderallalalala!"

26. TAG DER OFFENEN TÜR

Neulich träumte ich, ich sei durch eine große, weit offen stehende Pforte in den Himmel eingetreten. Vor mir breitete sich ein lichtdurchfluteter Raum aus, in dessen Mitte eine einzelne Wolke wie festgenagelt auf der Stelle verharrte. Offensichtlich handelte es sich um einen Infostand, aus dem ein goldblonder Rauscheengel lugte.

„Ich freue mich", sagte er strahlend, „Sie an unserem Tag der offenen Tür begrüßen zu dürfen. Wie schön, dass Sie zu dieser frühen Stunde kommen! Um diese Zeit ist bei uns kaum eine Menschenseele unterwegs, und Sie können hier alles in Ruhe besichtigen. Bitte!" Sie – oder war es ein Er – deutete auf einen sehr kleinen himmelfahrtsnasigen Engel, der plötzlich aus dem Nichts auftauchte. „Dies ist Engelhard, er wird Sie führen und Ihre Fragen beantworten. Ach übrigens – Engelhard spricht natürlich englisch, aber Sie werden sich schon verstehen."

„Komm!" Engelhard fasste meine Hand und zog mich sanft schwebend hinter sich her. Mein Körper schien sich in eine kleine, duftige Daunenfeder zu verwandeln, die friedlich auf einem lauwarmen Sommerlüftchen segelte. Nach einer Weile verließen wir irgendwo den riesigen Empfangsraum und betraten, nein natürlich beschwebten einen anderen mit nicht erkennbarer Weite und Tiefe, in dem sich Myriaden von Engeln aufzuhalten schienen: strahlende Lichtgestalten mit Lanze und Schwert, fröhliche junge Engel, die ein Weihrauchfass schwenkten, ältere mit Büchern oder Spruchbändern, plaudernde Engel mit Leuchtern ...

„So viele, Engelhard!"

„Ja, im Himmel ist ein Engel nichts Besonderes."

Um uns herum summte und rauschte es, ein ununterbrochener Jubel unzähliger Engelszungen. Cherubim und Seraphim,

Erzengel mit Pilgerstab und Lilie: Engel, soweit man sehen konnte. Ich schwieg überwältigt.

Einer fiel mir auf, weil er abseits auf einer klitzekleinen Wolke saß und offensichtlich aus voller Kehle sang.

„Wer ist das, was macht der da ganz allein?"

„Ach der, von dem hast du bestimmt schon mal gehört, das ist der Alois aus München, der ununterbrochen frohlockt und ‚Halleluja!' ruft."

„Und die dort, mit den gelben Helmen?"

„Die kümmern sich um die Flugsicherung, hier ist nämlich zeitweise ganz schön viel Verkehr!"

Nachdem wir etliche dicke Schäfchenwolken passiert hatten, sah ich, was Engelhard meinte, nämlich ein Gewimmel von Engeln, die kreuz und quer, hoch und runter, hin und her flogen.

„Je mehr man sich der Erde nähert, ... desto voller wird es. Du weißt doch, dass viele Schutzengel zuständig sind für den Dienst am Menschen und natürlich … Vorsicht!"

Er schubste mich zur Seite. Ein Engel zischte ganz knapp an meinem Kopf vorbei.

„Das war der Eilbote."

Ich holte tief Luft. „Achtung!" Engelhard zog mich nach hinten, um zwei Ambulanzengeln auszuweichen, die jemanden auf einer Trage transportierten.

„Was ist denn mit dem los?"

„Schon wieder ein gefallener Engel!"

„Ist ja ganz schön wild hier!"

Engelhard lachte. „Was glaubst du, was erst im Herbst hier los ist! Am 29. September kommen alle zum Erzengelfest und am 2. Oktober müssen die meisten schon wieder beim Schutzengelfest sein!"

„Sag, Engelhard, warum habt ihr eigentlich überhaupt so einen Tag der offenen Tür angeboten? Wollten da in letzter Zeit vielleicht nicht mehr so viele Leute in den Himmel?!"

„Das glaube ich weniger, ich denke, es ist einfach Routine, denn Klappern gehört doch zum Handwerk. Und es ist hier ja auch wirklich nett. Es gibt zwar viel Arbeit, wir sind Retter, Befreier, Beschützer, Bote, Wächter, Verkünder, Vollstrecker, wie gesagt, viel Arbeit, aber man merkt das nicht, weil es ja so einen Spaß macht."

Engelhard ging plötzlich in den Sturzflug über und wich ein paar weiß gewandeten Gestalten auf Fahrrädern aus. „Engel auf Rädern", sagte er, „die meinen, sie hätten die Vorfahrt eingebaut! Halt dich fest, jetzt wird's ruckelig!" Dicke, unförmige Wolken lagen wie unaufgeräumt herum. „Das ist die Multikulti-Ecke!" Ich war beeindruckt von all den Formen und Farben. Exoten mit schwarzen Haaren und Schlitzaugen winkten uns fröhlich zu. Moderne dürre, krank aussehende Engel mit strubbeligem Haar plauderten mit abstrakten Engeln des 19. Jahrhunderts. Dazwischen spazierten noch etwas steif und scheu die geflügelten Jahresendzeitfiguren, sie waren noch nicht so lange da.

Ein Stückchen weiter sah ich einen riesigen Kindergarten, in dessen Mitte eine Wolkenhüpfburg stand, auf der sich die Kleinen amüsierten. Es wimmelte nur so von pummeligen Puttchen, roten Bäckchen und blonden Löckchen.

„Ganz schön viel Nachwuchs!", rief ich erstaunt.

„Ja, Engel vermehren sich wie die Fliegen! Hat schon Augustinus gesagt!"

„Oh guck mal, warum sind die Wolken da vorn auf einmal rosa?" Engelhard verzog das Gesicht. „Wir fliegen gerade in den 7. Himmel!"

Ich war ja so gespannt, aber Engelhard wurde immer nervöser, je näher wir kamen. Er musste auch wirklich ziemlich aufpassen, denn es war dort sehr schwer, voranzukommen. So weit man sehen konnte, hing alles voller Geigen. Blütenbekränzte, oblatenglitzernde Engel mit schimmernden Harfen zogen an den Saiten zupfend kreuz und quer an uns vorbei. Durchscheinende Lichtgestalten, umrahmt von glänzenden Sternen, tanzten versunken zu den zarten Tönen musizierender Himmelsorchester. Bunte Paradiesvögel mit herrlichen Schwanzfedern pickten gemütlich zusammen mit weißen Täubchen an zuckergussartigen puscheligen Girlanden. Überall flatterten dunkelrote verliebte Herzen auf und nieder. In den Ecken drängten sich haufenweise Amorengel, die versuchten, mit ihren Pfeilen zu treffen, obwohl die Rosenblätter, die dicht und duftig von oben herunterrieselten, ihnen nahezu die Sicht nahmen.

Engelhard schüttelte sich angewidert. „Bloß schnell weg hier, sonst erwischt es uns noch!"

„Zu spät, Engelhard, aua, ich glaube, ich bin schon getroffen!" Ich rieb mir die schmerzende Stelle auf der Brust und sah ihn schmachtend an.

„Auch das noch!" Engelhard verdrehte entsetzt die Augen. Die verliebten roten Herzchen, die überall herumflatterten, versuchten, sich auf mir niederzulassen, obwohl Engelhard, der süße Engelhard, sie aufgebracht zu verscheuchen suchte, während er mich erbarmungslos weiterzerrte. Bei einem riesigen Wolkentresen mit der Aufschrift „Zum goldenen Engel" hielt er an, schüttelte sich hastig die rosafarbenen Wölkchenreste aus den Haaren und zog mir den kleinen goldenen Pfeil aus der Brust. „Engelhard!" Ich fiel ihm um den Hals und versuchte, ihn stürmisch abzuknutschen.

„Hallo!" Ein blauer Umweltengel tauchte hinter dem Tresen auf und erfasste sofort die Situation. „Aha, Notfallcocktail!", sagte er.

„Engelhard, Liebling!" Er drehte sich so geschickt, dass mein heißer Kuss nur seine große Himmelfahrtsnase traf.

„Achtung!" Er drückte mir vorsichtig, aber routiniert den Kopf nach hinten und flößte mir den Cocktail ein. „Er heißt Liebestöter!", sagte er. Ich hustete und japste ernüchtert. „Ist viel guter Geist drin!" Ich fühlte mich irgendwie blümerant.

Engelhard klopfte mir beruhigend auf den Rücken. „Und wenn du noch Hunger hast: Hier gibt es Engelburger und Sternchennudelsuppe. Ach nein, die Zeit ist zu knapp, am Eingang wartet ja noch eine Pilgergruppe auf mich! Komm, ich bring dich zurück zur Himmelspforte!"

„Tschüss, Engelhard", sagte ich, „ich werde immer an dich denken!"

„Nein, nein!" Er lachte ein wenig. „Wenn du aufwachst, hast du mich vergessen!"

Natürlich hatte Engelhard Recht, aber ich weiß bis heute nicht, wie das kleine Loch auf der Brust ungefähr in Herzhöhe in meinen Schlafanzug kam und warum immer ein heißes Liebesgefühl in mir aufsteigt, wenn ich irgendwo eine große Himmelfahrtsnase sehe.

27. WELTGEWANDT

Irgendwann wurde es unseren Vorfahren zu mühsam, sich grunzend und kreischend zu unterhalten, und sie erfanden die Sprache. Im Laufe der Zeit entstanden ähnliche und andere uberall auf der Welt. Worte wurden geklaut und vermischt. Auch von den Deutschen hat man einiges übernommen, was gut gefiel. Dadurch haben wir es jetzt einfacher, wenn wir fremde Länder besuchen. Ich habe es neulich ausprobiert, und hier ist mein Erfahrungsbericht:

Ich stieg in einen Zug und fuhr nach **Bulgarien**, setzte mich in ein Restaurant und rief: „Apetit, Shnitzel!" Sogleich bekam ich ein Schnitzel serviert.

So gestärkt fuhr ich weiter nach **Albanien** und betrat dort ein nettes Gasthaus. „Shnicel?", fragte ich. „Banknote?", antwortete der Wirt. Ich nickte und schon kam das Gewünschte.

Weiter ging es nach **Kroatien**. Ich war schon etwas müde. „Ligestul?", fragte der Ober mitfühlend und drückte mich in einen bequemen Sitz. Dann rief er: „Stimung!", und brachte mir ein „Snicla". Nach so vielen Schnitzeln flog ich erst einmal nach **Israel** zur Schlafstunde, nach **Finnland** zur Kaffipausi und nach **Kanada** zum Kaffeeklatsching.

Das Abendessen wollte ich in **Griechenland** einnehmen. „Gastarbaiter?", fragte ich den merkwürdig aussehenden Wirt. „Poltergaist!", kreischte er. Ich nahm die Beine in die Hand und rannte nach **Frankreich**. Dort fand ich am Wegesrand eine kleine, niedliche Gaststube. Ich war der einzige Gast und setzte mich, vom Lauf noch ganz aufgeputscht, an einen Tisch und rief: „Sturm und Drang, Gemütlichkeit, Jodler, Kirsch, Rollmops!" Die Küchentür öffnete sich und zwei komische Typen kamen heraus. Sie stellten sich beide formvollendet vor: „Zeitgeist!" und „Kobold!" Nee, nicht schon wieder. Der

Kobold hatte irgendein Ding in der Hand. „Le Schnorchel", sagte er erklärend, und dann begannen sie, mir „Le Schnaps" dadurch einzurichten. Ich wehrte mich nach Kräften, bis der Zeitgeist „Blödman" schrie und mich losließ. Das war meine Chance. Ich flüchtete einfach irgendwohin.

So kam ich nach **Syrien**. Das war ungünstig, denn dort hätte ich mir im Restaurant höchstens auf Deutsch einen Bagger bestellen können.

Natürlich reiste ich, so schnell es ging, weiter – nach **Polen**.

„Kumpel", sagte ich zum Ober, „wihajster?", was so viel bedeutet wie Dingsbums.

„Wihajster?", überlegte er angestrengt.

„Rolmops, Szlafrok?"

Ich schüttelte verneinend den Kopf.

„Kompot?"

Ich schüttelte weiter.

„Kotlet!" Ich nickte begeistert. Er auch. Doch dann kam er zurück und stellte mir etwas Merkwürdiges auf den Tisch. Ich machte große Augen. „Kanister Gips", sagte er. „Szlafmyca!", schimpfte ich. Daraufhin warf er mich einfach raus.

Überaus hungrig erreichte ich nach einiger Zeit **Ungarn**. Ich öffnete die Tür eines schnuckeligen Restaurants. „Vigec (ausgesprochen wie geht's)?", fragte der Wirt.

„Hering, Kompot, Likör!", antwortete ich.

„Pech", sagte er und machte seinerseits Vorschläge:

„Blockflöte? Kuplung? Hosentroger?"

Nein, das war alles nichts.

Nun suchte ich in der **Türkei** mein Glück. Ich fand ziemlich schnell ein heimeliges Restaurant. Gastgeberin war dort eine sympathische junge Frau.

„Schwester", jammerte ich, „haymatlos, Tifdruk!"

Sie brachte mir einen Teller. „Snitzel", sagte sie. Ich schnupperte, hatte lange kein Schnitzel gegessen. Dann deutete sie geheimnisvoll auf das Fleisch und flüsterte „Rate!"

Ich lief, so weit die Füße trugen, und kam in **Russland** an. Im ersten Hotel wollte ich mich an einen Tisch setzen, doch – „Stul kaput!", sagte ich.

„Schpion?", fragte der Ober misstrauisch.

„Schpinat, Buterbrod, Kartofel, Schnizel!", bestellte ich und zeigte in meinen Mund.

„Schpion Zement!", schimpfte der Ober.

Ich lief eilig davon, aus Angst, irgendwo einbetoniert zu werden. Schlimmer noch erging es mir an meinem nächsten Ziel, **Papua-Neuguinea**. Da rief man gleich: „Raus, Bruda!" Ich antwortete mit dem schönen deutschen Wort: „Rinfi!", (Rindvieh) was ein ärgerliches „Saise" (Scheisse) zur Folge hatte.

Anschließend flog ich nach **Amerika** und fand ein interessantes Restaurant. Es hatte Selbstbedienung. Ich musste zu einem Automaten gehen. Da ich so hungrig war, drückte ich auf mehrere Knöpfe: Leberwurst, Knackwurst, Bratwurst und Schnitzel und Kohlrabi. Oben leuchtete eine Anzeige auf: „Dummkopf". Was wollte der Kasten denn? Na, ich probierte etwas anderes, Wiener Walzer, Yodel, Alpenglow, Hamster und Panzer. Das war zu viel für den Apparat. Er funzelte nur noch „kaputt" und ich reiste eilig weiter nach **Japan**. Ein reizender Ober fragte nach meinen Wünschen. „Orogasumusu!", forderte ich, was natürlich so viel heißt wie Orgasmus. Er verzog keine Miene, drehte sich um und stellte im Handumdrehen ein Glas auf den Tisch. „Kirushuwassa!" Er lächelte freundlich.

Na ja, es war halt ein Versuch!

Dann fuhr ich nach **Tschechien**, denn nach der langen Reise hatte ich auch noch andere Bedürfnisse. „Hajzl? (ausgesprochen Häusl)", fragte ich in einem großen Restaurant. Man zeigte mir den Weg, doch beim Häusl angekommen, sah ich, dass einiges fehlte. Ich eilte zurück.

„Hausknecht", rief ich und deutete in Richtung Toilette, „Hantuch, Papir!" Er sauste los, aber was er mir brachte, war schönes, glattes, rosafarbenes Briefpapier. So entschloss ich mich schweren Herzens, von meinem Vorhaben abzulassen, und schrieb stattdessen erst einmal diesen für alle Deutschen wichtigen Reisebericht.

28. PARTNERSUCHE

„Hallo, Anja! Schön, dass wir uns endlich sehen. Willst du dich da drüben schon ans Fenster setzen? Ich hole noch den Kaffee, was hättest du gern?"

„Einen Cappuccino, bitte!"

„Und wie wär's mit Kuchen?"

„Nein, danke, lieber nicht!"

„Genau dasselbe wie ich. Na, ist ja kein Wunder bei 99-prozentiger Übereinstimmung!"

„Oh, lecker, das ging ja schnell! Danke, Michael. Ach übrigens, ich habe neulich gelesen, dass die Fragebögen der Partnervermittlungen normalerweise nur eine 70- bis 80-prozentige Übereinstimmung erreichen ..."

„99 Prozent wie bei uns sind einfach Spitze!"

„... ja, und das I-Tüpfelchen ist, dass wir denselben Nachnamen tragen!"

„Alles Müller, oder was? Ist das nicht wunderbar, da muss man sich nicht einmal umstellen!"

„Ich finde Müller doof!"

„Aber Anja, wieso denn? Es gibt doch viel schlimmere Namen, Schlotterhose, z. B., Kuchenbruch, Tratsch oder Hammel!"

„Die sind wenigstens etwas Besonderes! Müller ist der häufigste Name in Deutschland. Die gibt's wie Sand am Meer!"

„Du hast Recht. Als man um zwölfhundert herum einen Nachnamen haben musste, hat man sich meistens am Handwerk orientiert und damals gab es so viele Müller, weil das Vollkorn so schnell ranzig wurde. Man kann den Namen heutzutage allerdings unter Hinweis auf Verwechslungsgefahr recht einfach ändern lassen. Das würde ich allerdings nie tun, ich finde ihn schön und voller Tradition."

„Einfach nur furchtbar: Wo ich hingehe – irgendein Müller ist immer schon da, es ist der langweiligste Name, den ich kenne – ach, meine arme Tochter!"

„Anja, du hast eine Tochter? Das stand gar nicht in deinem Fragebogen!"

„Nein, nein, noch nicht, aber wenn ich dann eine habe, dann würde sie natürlich auch so heißen!"

„Aber du kannst ihr doch einen netten Vornamen geben. Wie wär's mit Mona Lisa?"

„Mona Lisa Müller? Langweilig! Da muss es schon etwas Ausgefalleneres sein, vielleicht November. November ist im Moment hochmodern!"

„Und wenn ich dann mit ihr Versteck spiele und rufe: ,November, komm raus, ich seh dich!' ... also ich weiß nicht. Ist es nicht auch irgendwie traurig, wenn die Leute sagen, bei Müllers ist das ganze Jahr über November?"

„Ja, vielleicht hast du Recht, ich möchte eigentlich auch lieber etwas, was auf die weite Welt hindeutet!"

„In Indien hat ein Paar seinen Sohn Erdbeben genannt, und in Honduras heißt ein Kind Zündkerze."

„In Deutschland ist das strenger, die Behörden stellen sich ja schon furchtbar an, wenn das Kind einen Städtenamen bekommen soll, aber das ändert sich allmählich, deshalb werde ich meine Tochter auch San Francisco nennen!"

„San Francisco hört sich recht männlich an, finde ich und das Geschlecht des Kindes muss doch aus dem Namen eindeutig hervorgehen."

„Na gut, dann eben Mississippi!"

„Mississippi Müller? Das ist ja furchtbar, das soll erlaubt sein?"

„Bestimmt! Wenn die deutschen Standesämter Germania und San Diego genehmigen, warum dann nicht Mississippi? Ach, wäre das schön, in Brasilien zu leben! Dort kann man jeden Namen haben, Kugellager, Straßenbahn, oder sogar Cacamba!"

„Cacamba? Was bedeutet Cacamba?"

„Zementeimer!"

„Zementeimer, komm zu Papi!"

„Oder in China! In China hat ein computerverliebtes Elternpaar sein Kind @ genannt. @ chinesisch ausgesprochen bedeutet so etwas wie Liebe."

„Dei dei dei, @, Aa ist bäh!"

„Leider ist das bei uns nicht erlaubt, auch keine Sachbezeichnungen, wie z. B. Grammophon. Nicht mal Bierstübl oder Carola-Pepsi darf man nehmen! Und wie nett würde es sich anhören, wenn man eine kleine süße Cucaracha oder einen munteren Tsunami sein Eigen nennt. Na ja, ist auch egal, habe mich ja schon entschieden: Unsere Tochter wird Mississippi heißen!"

„Und wenn sie das doch nicht erlauben?"

„Dann werde ich sie Wanne-Eickel nennen. Den Namen trägt bestimmt noch niemand."

„Wanne-Eickel Müller! Was ist da mit dem Kindeswohl? Ein deutscher Vorname darf nicht beleidigend oder lächerlich sein!"

„Was, wegen Wanne? Das wäre ja noch schöner! Sauberkeit hat ja wohl noch keinem geschadet! Und unser Sohn bekommt den Namen Castrop-Rauxel, das ist so richtig frech!"

„Wenn du das wahr machst, werde ich unsere anderen Söhne Zündkerze und Erdbeben nennen!"

„Geht gar nicht!"

„Doch, wenn ich nach Südamerika ziehe!"

„Bitte schön! Und ich sag es dir gleich, meine zweite Tochter heißt auf jeden Fall Kleopatra-Gabriele!"

„Wie wäre es denn mit einem schönen, sympathischen Blumennamen? Stell dir vor, deine fünf Töchter Amaryllis, Akelei, Jasmin, Dahlia und Cosmea sitzen in der Sandkiste und spielen friedlich ..."

„Ja, kann ich mir ganz genau vorstellen ... und dann kommt dein Erdbeben Müller und macht alle schönen Kuchen kaputt!"

„Das ist nicht mein Niveau – aber mein Erdbeben möchte sowieso nicht mit Ihren Töchtern Kuchen backen und schon gar nicht mit Kleopatra-Gabriele!"

„Meine Kleopatra-Gabriele hat es weder nötig, mit Ihrem rumpeligen Erdbeben noch mit Ihrer kleinen Zündkerze zu spielen. Sie hat nämlich einen Bruder, und der heißt Achilles!"

„Achilles Müller! Anja, das ist schrecklich, wollen Sie sich das nicht noch einmal überlegen? Könnten wir uns nicht vielleicht auf den schönen Namen Teutobert einigen?"

„Niemals!"

„Und was ist mit Wunibald?"

„Herr Müller, das ist ausgeschlossen und ich glaube nicht, dass wir bei einer solchen Diskrepanz in dieser wichtigen Frage …"

„Frau Müller, es ist dem Kindeswohl mit Sicherheit nicht zuträglich, wenn Ihr Achilles Tag für Tag ununterbrochen an meiner Ferse zerrt, und nachdem Sie meinen Gütevorschlag Teutobert oder Wunibald nicht einmal ein bisschen in Erwägung gezogen haben …"

„Pah!"

„… kann ich nur feststellen, dass eine engere Verbindung mit einer Frau, der etwas Entscheidendes fehlt, nicht in Frage kommt – 99 Prozent sind eben nicht 100!"

29. DIE VERÄNDERUNG

Die Weihnachtskekse hatten sich wieder einmal an ihrem Körper festgekrallt und etliche unübersehbare Rundungen hinterlassen. Sie wollte zwar nicht aussehen wie ein militanter Vegetarier, doch es war wohl nötig, die Reduzierung der unnötigen Erhebungen demnächst einmal in Angriff zu nehmen. Na ja, bei Gelegenheit! Sie schnitt genüsslich ein knusperfrisches Brötchen auf und blätterte in der Morgenzeitung. Ihr Blick blieb an einem Artikel der Gesellschaft für Pneumologie hängen, die sehr schlanke und untergewichtige Frauen warnte, weil ihnen nach der Menopause Atemwegsbeschwerden aufgrund des niedrigen Östrogenspiegels drohten. Ha, sie biss herzhaft zu, das könnte ihr niemals passieren, ihr Fettgewebe würde mit Sicherheit genug speichern.

Ärgerlich nur, der Kleiderschrank hing voller Hosen, und alle waren zu eng. Zurzeit trug sie eine neue der Marke ‚mittelgroß, aber lieber nicht bücken'. „Frauen mit breitem Gesäß sind zwar statistisch gesehen gesünder und leben länger", hatte ihr der Arzt neulich gesagt, „aber Ihnen würde allmählich doch eine Gewichtsreduzierung guttun."

Sie nickte zustimmend, aber ihr Bauchgefühl sagte „urk", und ihre innere Stimme entschied sich ohne Zögern erst einmal für einen Bund-Dehner. Dieser patentierte Helfer sollte laut Beschreibung den Hosenbund in wenigen Minuten um bis zu 10 cm dehnen und würde damit auf jeden Fall schneller als jede Wunderdiät wirken. Doch leider seufzte dieses Helferlein nach wenigen Tagen unter der Anspannung und gab auf. Seither trug sie Hosen, die in der Taille einen tortenfreundlichen Gummizug besaßen.

Im Lokalteil der Zeitung fand sie einen Hinweis auf einen neuen Diätkursus der örtlichen Volkshochschule. Er trug den

angenehmen Titel: „Süßigkeiten essen, bis nix mehr da ist!"
Die erste Stunde sollte am Freitag beginnen, also heute. Die
Zeit bis dahin war kurz genug, um den anfliegenden guten
Vorsatz festzuhalten. Und um sich selbst zu beweisen, wie
ernst es ihr war, beschloss sie, den ganzen Tag über zu fasten.
Zur Unterstreichung ihrer Absichten zog sie eine Hose in ge-
sunder Karottenform an und ein salatgrünes T-Shirt ohne
Dressing.

Gegen Abend fühlte sie sich wie eine ausgemergelte Gemü-
sespinne, die übellaunig durch die Gegend schlich. Endlich
war es so weit, sie ließ sich in ihren Autositz fallen und fuhr
los. Ihr leerer Magen drückte schwer auf das Gaspedal und
der Blitz, den sie unterwegs sah, war leider kein Blitz der
Erleuchtung.

Als sie die Kursteilnehmerinnen betrachtete, wurde ihre Laune
schlagartig besser. Sie war mit Abstand die Dünnste von allen.
Der Kursleiter war natürlich außer Konkurrenz, erzählte nach
der Begrüßung von einer Frau, die in München sechs Banken
überfallen hatte, weil sie Geld für eine Schönheitsoperation
brauchte – zum Fettabsaugen! „So weit wollen wir es doch nicht
kommen lassen, meine Damen", sagte er und erklärte dann die
Strategie: Erst mal alle Süßigkeiten zu Hause aufessen, bis nix
mehr da ist, aber dann … Dann kam es, wie sie schon befürch-
tet hatte: Ade, ihr Torten, Sößchen, Schleckerchen! Sie starrte
hungrig auf ihre knusperschokokeksbraunen Schuhe und überlegte, wann sie sie wohl anknabbern würde.

„Eine Küchenschabe ernährt sich drei Monate lang vom Kleb-
stoff einer einzigen Briefmarke", hörte sie den Kursleiter sagen, „aber es gibt im Leben auch fette Vorteile: Ohne Körperfett sähen wir seltsam unförmig aus, denn zwischen unseren
Organen befinden sich Lücken, die mit Fettgewebe ausge-
füllt sind. Das Fett gibt unserem Körper die individuelle Form.
Meine Damen, kennen Sie zum Beispiel das Ergebnis einer
englischen Studie, wonach sich hungrige Männer eher zu di-

cken Frauen hingezogen fühlen? Und wissen Sie, dass Fahrgäste, die wegen ihrer Schlankheitsdiät in Ohnmacht fallen, einer der Hauptgründe für Verspätungen in der New Yorker U-Bahn sind? Also, das heißt, man darf es mit dem Abnehmen auf keinen Fall übertreiben!"

Die englische Studie gefiel ihr und auch der erste Teil der Diät. Sie futterte drei Tage lang die Süßigkeiten, die sie für unerwartete Besucher eingelagert hatte. Dann waren alle Vorräte vernichtet, und es kam der erste Morgen, an dem sie, kurz gesagt, alles essen durfte, was ihr nicht besonders schmeckte, und davon ganz viel.

Sie holte sich Zeitung und Post aus dem Briefkasten. Komisch, als sie noch knusprige Brötchen hatte, schienen die Artikel auch mehr Biss gehabt zu haben. Nicht auszuhalten. Sie machte sich ein herzhaftes Käsebrot und öffnete einen offiziell aussehenden Brief. Man bat sie freundlich um die Überweisung einer größeren Spende wegen zu schnellen Fahrens. Das anliegende Foto zeigte ein kleines rotes Auto, das aussah wie ein eingelaufener Pullover, in den man die Fahrerin mit Gewalt hineingepresst hatte. Oh nein, das sah absolut furchtbar aus. Sie stopfte frustriert den Rest des Käsebrotes in sich hinein und betrachtete das Foto dabei genauer. Sie hatte auf dem Bild Pausbacken, als wenn sich dahinter etliche Rollmöpse verbargen, und das Steuerrad schien mit ihrem Bauch verwachsen, ja, man fragte sich, ob es sich trotz der üppig darüber hängenden Brüste überhaupt drehen ließ.

Nein, das war ganz unmöglich! So konnte ihr Leben nicht weitergehen. Es musste etwas passieren, sofort! Kurz entschlossen stand sie auf, ergriff ihre Jacke und stürmte aus dem Haus. Sie musste jetzt endlich durchführen, was sie schon lange vor hatte – sich ein schönes, großes, geräumiges Auto kaufen!

30. „SPIEGLEIN, SPIEGLEIN AN DER WAND ...

... bin ich noch die Schönste im ganzen Land?" Der Spiegel starrte mich an, brach dann in schallendes Gelächter aus und fiel klirrend zu Boden, wo er in Tausend Teile zersprang. So massiv hätte er nun wirklich nicht gleich reagieren müssen. Nun gut, ich war schon eine Weile über fünfzig und die eine oder andere Falte ...

Ich zog einen Mantel an und besuchte ein nahe gelegenes Geschäft für Wohnaccessoires. In der Bad- und Garderobenabteilung fiel mir ein großer, freundlich schimmernder Spiegel mit goldenem Rahmen auf. Wohlgemut wiederholte ich mein Sprüchlein. Er lächelte verstehend und sagte mir ganz deutlich das, was ich eigentlich nicht wissen wollte: „Wenn Sie eine Haut wie ein Dosenpfirsich haben, Krähenfüße und Knitterfalten, dann wird es Zeit für ein Schönheitsprogramm! Schönheit kann das Leben angenehmer machen, und attraktive Menschen werden für sympathischer und intelligenter gehalten. Außerdem kommen schöne Kriminelle bei Gerichtsverhandlungen mit geringeren Strafen davon!"

Vor meinen Augen entstand das Bild eines kleinen, verhutzelten Frauchens, das in der Dämmerung mit einer gewaltigen Keule durch die Straßen huscht und jeden Spiegel kaputt schlägt, der ihm begegnet. Schönheitsprogramm! Schon seit Jahren schickten mir die Apotheke, die Kirche und das Sanitätshaus herzliche Glückwünsche zum Geburtstag! So etwas kommt wohl nicht von ungefähr! Offensichtlich war es an der Zeit, etwas für die Schönheit zu tun.

Ich überlegte eine Weile, ob ich mir zu Weihnachten einen OP-Gutschein Marke „Falten weg" wünschen sollte oder lieber ein Fläschchen mit Gift der malayischen grünen Tempelviper. Ein Tröpfchen davon, vermengt mit Creme, sollte die

Haut besser glätten als das Bakteriengift Botox. Aber noch besser wäre es eigentlich, die Falten mit Eigenfett aufzuspritzen – davon hatte ich genug, und das musste eh weg. Leider brauchte das aber viel Zeit und daher kam es für mich nicht in Frage, denn ich war jetzt motiviert und wild entschlossen, sofort etwas für die äußere Erscheinung zu tun.

Zuerst stieg ich auf die Badezimmerwaage. Sie ächzte vernehmlich, und der Zeiger verlor sich in unbekannte Höhen. Das konnte nur von den ganzen Schwermetallen im Essen kommen! Bereit für den Kampf, zog ich mir ein paar Laufschuhe an, die seit Jahren gelangweilt im Schrank herumstanden, und fuhr in den Stadtpark, in dem ich vor langer Zeit viele Abende eng umschlungen mit meiner ersten Liebe verbracht hatte. Irgendwie war dort jetzt eine ganz andere Atmosphäre. Ich überlegte angestrengt, dann fiel es mir ein: Keiner küsste mehr, alle keuchten. Es befanden sich dort mehr Jogger und Walker als Bäume. Das hieß im Umkehrschluss, dass die Stadt heute ziemlich leer sein musste. Nach einem kurzen Blick auf die Uhr änderte ich die Laufrichtung. Es war Samstag und noch genug Zeit, um für meinen sonntäglichen Wellnesstag einzukaufen.

Mein vorrangiges Ziel war die erste Parfümerie am Platz. Die durchgestylte Verkäuferin führte mich in die Happy Aging Corner, auf Deutsch: die glückliche Altenecke. Eigentlich war es mir ein bisschen peinlich, in einer Altenecke zu stehen, aber es war ja die Ecke für die glücklichen Alten.

„Die selbstbewusste Frau von heute steht zu ihrer Reife!", sagte die Fachkraft. „Sie kann natürlich jederzeit ihr Aussehen mit unseren Produkten verbessern!" Dabei sah sie mich an, als hätte sie einen alten, ausgedienten Mülleimer vor sich.

Dann fischte sie langnagelig ein Fläschchen aus dem Regal und hielt es mir vor die Nase: „Rosenblütenwasser, ein reines Destillat aus Rosenblüten, beruhigt und pflegt!"

Sie bemerkte meinen entsetzten Blick, der an dem Preisschild hängen geblieben war. „Wer schön sein will, muss leiden", sagte sie von oben herab und wetzte ihre Krallen an dem unschuldigen Glaskörper. „Nein danke", murmelte ich, „ich habe noch etwas Rosenwasser von der letzten Weihnachtsbäckerei im Vorratsschrank, das kann ich ja erst einmal aufbrauchen!" Die Zeit wurde knapp, das erforderte eine strategische Vorgehensweise. Ich betrat die Stadtapotheke mit den Worten: „Ich hätte gern alles Gute für die äußere Schönheit zu einem guten Preis!" Die Apothekerin lächelte weise, griff hinter sich, zog eine große gefüllte Plastiktüte hervor, und in zwei Minuten war ich wieder draußen. So lief es auch in der Drogerie und im Reformhaus. Im Handumdrehen war ich fertig. Gut und günstig. Nur komisch, dass die Verkäuferinnen trotzdem recht zufrieden schauten.

Der nächste Morgen begann mit dem Sortieren der Einkäufe. Ich schüttete alles auf den großen Küchentisch und fischte die zusätzlichen Proben des Reformhauses für ein gesundes Frühstück heraus: zwei Tütchen Entschlackungstee mit der Aufschrift „Schönheit kommt von innen", ein Scheibchen Körnerbrot, auch geeignet für Implantatsträger, und gesunder, neutral schmeckender Brotaufstrich in fröhlichem Frikadellenbraun.

Die Apotheke hatte mir auch eine Probe gespendet. Spezialzahnpasta mit Weihrauch, entzündungshemmend und gegen unangenehmen Mundgeruch. Prima! Ich strich mir die Paste auf die Bürste und zuckte ein wenig zusammen, als mir einfiel, dass man in der Antike die billige Sorte Weihrauch für die Reinigung der Toiletten verwendete, damit es nicht so schlecht roch. Na, ja, wenn das damals schon so gut war!

So, was jetzt? „Wenn Sie Haut haben wie ein altes Krokodil, dann sollten Sie ein Körperpeeling machen!" Das stand auf einer fliederfarbenen Plastikflasche. „Abgestorbene Partikel werden entfernt und die Durchblutung wird gefördert. Einfach auftragen, rubbeln, abduschen!" Ja, tatsächlich, mein Körper atmete auf, aber die Falten blieben.

Das Gesicht brauchte natürlich eine eigene Maske. Kein Problem, das würde ich so machen wie meine Tante Lieschen. Ein Gläschen Sekt. Dann Zucchini, Gurken und Papaya zerdrücken, eine Hälfte in die Salatschüssel, die andere Hälfte ins Gesicht, dickmusig auftragen und so lange darauf lassen, bis das Sektglas leer getrunken ist. Sicherheitshalber genehmigte ich mir ein weiteres Gläschen, damit die Maske länger einwirken konnte.

Nun kamen die Haare an die Reihe. Haare sind von Grund auf unberechenbar. Die eine Hälfte der Menschheit hat nicht genug Haare und die andere hat alle Hände voll damit zu tun, sie dort zu entfernen, wo sie nicht wachsen sollen. Auf jeden Fall bekam mein Kopfhaar eine Haarkur auch nach einem praktischen Rezept von Tante Lieschen. Es war ganz einfach: Ich rührte Ölivenöl und Eigelb zusammen, schmierte einen Teil auf den Kopf und goss den Rest unter Zugabe von einem Scheibchen Speck für mein zweites Frühstück in die Pfanne. Während die Kur in Haar und Magen einwirkte, las ich, was auf dem kleinen Fläschchen stand, das mir die Apothekerin mitgegeben hatte: Lavendelhaarwasser. Hatte ich nicht auch ein Lavendelfläschchen in der Drogerie bekommen? Ich suchte und fischte es aus dem Stapel. Richtig, auch Lavendel, aber mit folgender Aufschrift: „Frischer Lavendelduft ist ein Labsal für die Seele und hält außerdem die Motten fern!" Na ja, warum nicht, wer hat schon gern die Motten?

Ich betrachtete den großen Stapel der Haarpflegeprodukte und begann, eins nach dem anderen abzuarbeiten. Dabei lief ich geradezu zur Hochform auf: Strähnchen tönen, Strähnchen föhnen, düngen, schuppen, festigen, sprayen! Aufhellen, abhellen, Föhnwellen, Dauerwellen, Wasserwellen, Kurzwellen, Langwellen, Mirabellen, Mortadellen, oh, ich wurde offenbar hungrig! Mittagessenzeit war schon vorbei. Aber ich war noch lange nicht fertig, und wenn ich einmal anfing, zog ich es auch durch.

Ich betrachtete meine Füße. Es war nicht so, dass das Wasser der unzähligen dort sitzenden Schweißdrüsen aus meinen Schuhen schwappte, aber nach dem Auftragen eines kühlenden Fußsprays mit erfrischendem Gurkenduft fühlte ich mich an dieser Stelle doch sehr viel sicherer.

Dann sagte ich ja zu strahlend frischer Haut und schmierte mir eine Tagescreme mit Aloe Vera, Jojobaöl, Mandelöl, Avocadoöl und Sheabutter ins Gesicht. Anschließend verwendete ich ein billiges Make-up, das ich mit enriched loose powder, luminizing brush powder und luminizing color powder bestäubte. Ich wusste auch nicht genau, was es auf Deutsch hieß, aber ganz egal, das musste da jetzt alles rauf.

Anschließend bürstete ich mir Antialterungstusche in die Wimpern, denn auch die verlieren im Laufe der Zeit an Farbe und Dichte. Meine Augen blinzelten verheißungsvoll im silbernen Augenschatten, und der schimmernde Lippenstift erzeugte einen stabilen glänzenden Film, der meine spröde Lippenoberfläche märchenhaft glättete.

Jetzt standen nur noch Maniküre, Pediküre und ein paar andere geheime Kleinigkeiten auf dem Programm. Zum Glück, denn es wurde schon Abend, und es ist jedem klar, was dann normalerweise kommt. Richtig, man muss rechtzeitig mit der regelmäßigen Abendpflege beginnen.

Schnell eine Sahne-Hefe-Honig-Maske, alles zerbröseln, zerdrücken, zermatschen und auf Gesicht, Hals und Dekolleté drapieren. Einwirken lassen! Irgendwann sorgfältig abwaschen. Nicht vergessen, sonst klebt nachts das Kopfkissen. Zähne putzen mit antikem Weihrauchtoilettenreinigungsmittel und dann noch in die Badewanne, denn der Körper benötigt nach all dem Tagesstress dringend ein Edeltannenerholungsbad. Wie lange man darin liegt, bleibt jedem selbst überlassen. Aber eins ist klar: Die vierundzwanzig Stunden eines Tages laufen für alle einmal ab, egal, wie alt oder wie schön!

Ich packte die übrig gebliebenen Tuben aus, salbte ein paar wichtige Körperstellen mit Murmeltierfett ein und knallte mir eine Nachtcreme Marke Mumienschlaf ins Gesicht. Dann fiel ich ins Bett.

Murmeltierfett und Mumienschlaf waren weitaus stärker als der Wecker am Montagmorgen. So benutzte ich aus Zeitgründen nur die denkende Creme, die fettige und trockene Haut ausgleicht, und hatte trotzdem einen zarten, gold schimmernden Teint. Meine Haare wippten und meine Fältchen versuchten, sich angstvoll zu verstecken, um nicht noch einmal so einen anstrengenden Sonntag erleben zu müssen.

Gut gelaunt holte ich einen Firmenkunden vom Flughafen ab und fuhr ihn dahin, wo ein wichtiges Meeting stattfinden sollte. Der Kunde entpuppte sich als freundlicher älterer Herr. Die Fahrt mit ihm war sehr nett und die Unterhaltung fröhlich. Als ich nach zwei Stunden den Zielort erreichte, sah ich routinemäßig in meinen Autospiegel. Mich traf fast der Schlag. Meine Stirn war knallrot, das Kinn ebenfalls und die Nase glühte wie bei einem superaktiven Säufer. Das konnte nur von den Getreidefeldern kommen, an denen ich so lange vorbeigefahren war. Sie hatten offenbar diese Hautreaktion bei mir ausgelöst.

Ich klappte den Spiegel weg und seufzte vernehmlich: „Es ist so schwer, schön zu sein!"

„Macht nichts", entgegnete der Kunde und lächelte, „mit keiner Schönheitskönigin der Welt hätte die Fahrt netter sein können!" Wir lachten und ich beschloss auf der Stelle, den arbeitsreichen Schönheitssonntag nicht mehr zu wiederholen.

Ein paar Tage später schickte mir der Kunde ein großes Paket. Ich öffnete es neugierig. Unter einer dicken, etwas durchsichtigen Noppenfolie blinzelte mich ein unscheinbarer Spiegel mit blassrotem Rand an. Es war nicht gerade ein Designerstück, aber als ich ihn ganz ausgepackt hatte, in den Händen hielt und hineinsah, stieß er einen lauten Pfiff der Bewunderung aus!

Vorige Woche habe ich meinen 97. Geburtstag gefeiert, und es ist immer noch so. Jedes Mal, wenn ich in den Spiegel schaue, pfeift er anerkennend, als sähe er die schönste Frau der Welt!

31. WEINLEBEN

Immer, wenn wir ihn suchten, hieß es: „Er ist im Keller. Psst, nicht stören, Papa muss den Wein beobachten!" Ich weiß nicht genau, was er dort tat, aber er kam wieder zurück mit einer offenen Flasche Rotwein, stellte sie auf den Tisch und sagte mit grämlicher Miene: „Nein, nein, das ist noch nichts!"

Als ich größer wurde, bekam ich mit, dass Papa immer zwölf Flaschen von einer Sorte Wein kaufte und jeden Monat eine öffnete, um die Reifung zu kontrollieren, denn ein langlebiger Rotwein bereitet in seiner Jugend kein Vergnügen. Armer Papa! Reif ist der Wein, wenn er schmeckt, d. h. wenn der Wein noch nicht gut genug war, musste Papa jeden Monat eine Flasche nicht mundenden Wein trinken, weil er ja den optimalen Trinkzeitpunkt suchte. So hatte er im schlechtesten Fall von diesen zwölf Flaschen nur eine gute oder im besten Fall elf. Das war dann auch wieder ein Problem, denn die mussten ja alle auf einmal geleert werden, damit sie nicht wieder schlechter schmeckten, denn bekanntlich verändert sich nicht nur der Mensch im Laufe seines Lebens, sondern auch der Wein.

Die meisten Weine dieser Welt wollen im ersten Jahr getrunken werden. Aber ein guter Rotwein ist in seiner Jugend unreif, unfertig und verschlossen, auch wenn er noch so frisch und unkompliziert ist, er ist ungestüm und macht den Gaumen wild. Sein Duftaroma erinnert an Stachelbeere, schwarze Pflaume, Granatapfel. Wird der Wein allmählich reif, teilt er sich, so meine Vermutung als Kind, in männliche und weibliche Rotweine. Die einen werden ausdrucksvoll und männlich kräftig, riechen nach Teer, Tabak und Pfeffer, und die anderen werden weiblich rund und riechen nach Heckenrose und gerösteter Mandel. Papa suchte auf jeden Fall völlig neutral den besten Trinkzeitpunkt.

In der Altersphase des Weines verschwinden die Nuancen, die Frische lässt nach. Sehr alte Weine werden härter im Geschmack und duften nach Trüffeln, Pilzen oder Unterholz im Herbst. Und wenn er dann richtig alt wird, so wie Oma, riecht er müde und verbraucht, wird schal und stumpf und stirbt dann wie jedes andere Lebewesen. Deshalb gab es natürlich nur eines für Papa. Er behandelte den Wein wie jedes Lebewesen, mit Respekt, denn während der Reifezeit und des Alterns sind eine kundige Behandlung und eine dauerhafte liebevolle Pflege sehr wichtig.

Um das nun ganz besonders gut zu machen, kaufte sich Papa ein kleines Weinbuch, das er wie ein Heiligtum bei sich trug. Der Pfarrer unserer Kirche hatte auch ein kleines Buch. Er guckte sehr abwesend, wenn er durch den Garten spazierte und darin blätterte. Man wusste, der Pfarrer betete dabei. Ob Papa auch betete, konnten wir nicht sagen, aber möglich war es schon, denn er suchte ja den richtigen Trinkzeitpunkt, und da kann man schon Beistand gebrauchen.

Mutter konnte ihm leider kaum dabei helfen. Sie verdrehte nur die Augen, wenn er im Keller verschwand, denn sie bekam von Rotwein Kopfschmerzen, auch wenn er sich noch so reif und großartig zeigte. Aber sie freute sich, wenn Papa glücklich war, und schenkte ihm einmal zu einem Geburtstag sogar einen Weinschrank. Unglaublich, wie prächtig selbst die preisgünstigsten Flaschen, die sich in Keller, Besenkammer und unterm Bett drängelten, in einer schönen, klimatisierten Umgebung wirkten. Papa freute sich riesig. Ja, Papa! Es gibt Leute, die trinken Wein, weil sie den Wein, aber nicht ihre Frau lieben, doch Papa liebte zum Glück beides.

Wir Kinder hatten sonst eigentlich nichts mit Papas Vorliebe zu tun. Erst als Mama ihm an einem Weihnachtsfest einen Gutschein für einen Besuch eines Weinseminars für Genießer schenkte, waren wir davon betroffen. Papa verschwand eine ganze Woche und lernte, und wir gingen davon aus, dass er nun alles über Wein wusste. So war es auch, nur ein Weinberg und ein Trecker fehlten ihm noch.

Da dieses neue Wissen ja nun so schnell wie möglich weitergegeben werden musste und wir die ersten waren, die Papa antraf, holte er einen wichtigen Rotwein (er hatte etliche nach Anleitung während des Seminars gekauft) und bestellte uns zur Weinprobe ins Wohnzimmer, wo wir ein großes Weinglas erhielten. „Hier ist ein großer Bordeaux!" Er strich liebevoll über das Etikett und schenkte uns Kindern dann Kirschsaft ein. Mutter bekam auch Kirschsaft, weil sie ja, wie gesagt, von Rotwein immer Kopfschmerzen bekam. Wir saßen ganz still und hörten andächtig zu, weil wir wussten, dass es erstens sonst Ärger gab und dass zweitens dann alles noch einmal vorgeführt werden würde. Mutter hörte andächtig zu, weil sie Papa liebte.

Papa goss sich ein paar Tropfen Wein in sein Glas, klemmte sich den Fuß des Weinglases zwischen Mittel- und Ringfinger und hielt das Glas mit Daumen, Zeige- und Mittelfinger ganz unten am Stiel fest. Es sah sehr akrobatisch aus. Wir klatschten. „Ist es anders nicht praktischer?", erkundigte sich Mutter. Das war nicht gut. „Die Hand muss vom Wein möglichst weit weg sein", sagte Papa, „aus Geruchsgründen!" Wir versicherten ihm, dass wir alle die Hände gewaschen hatten, aber er war nicht mehr ansprechbar, denn er drehte jetzt das Glas hin und her, bis die Glaswand benetzt war. „Avinieren", dozierte er und goss den Wein aus. Wir staunten über das Wort. Mama staunte, weil Papa normalerweise kein Tröpfchen Wein wegschüttete. „Avinieren reinigt das Glas von Rückständen, und die Duftstoffe können sich besser entfalten!" Das hatte Papa vor dem Seminar nicht gewusst.

Ich roch an meinem Kirschwein und überlegte, wie ich dieses wunderbare Wort am nächsten Tag in der Schule zur Geltung bringen könnte, vielleicht: „Moment, ich muss jetzt meine Schuhe avinieren?"

„Aufpassen!" Vater goss erneut Wein in sein Glas, sodass es zur Hälfte gefüllt war. Er hob es an und hielt es vor die weiße Wohnzimmergardine. „Was seht ihr?", fragte er gebieterisch. „Die Gardinen müssen gewaschen werden!", antwortete Mutter. Das war offensichtlich falsch.

„Und ihr?" Wir trauten uns nun nichts mehr zu sagen. Außerdem wollte er das auch gar nicht, denn er wollte uns ja gerne das, was er beim Seminar erfolgreich gelernt hatte, mitteilen. „Farbe, Tönung, Farbverlauf und Viskosität wunderbar!" Vater schien voll zufrieden und schaute sinnend in das Purpurrot. Wir sahen eigentlich nur ein Glas mit Rotwein.

„Ihr müsst jetzt eure Gläser vor die weiße Gardine halten, etwas drehen und am Glas riechen!", kommandierte Papa, aber das war nicht ganz so gut, denn das nun einsetzende Gedrängel endete damit, dass Mutter schrubbte, wischte, salzte, um die Flecken einigermaßen herauszubekommen. Sie tat das allerdings möglichst unauffällig, um Vaters Vorführung nicht zu stören.

Vater war voll und ganz in seinem Element: „Schwenken Sie nun das Glas und riechen Sie erneut! Versuchen Sie die einzelnen Duftkomponenten des Buketts wahrzunehmen!"

„Also", Mutter fing an, „ich glaube, meiner riecht ein wenig nach Kirschen!" Wir schlossen uns ihrer Meinung an. Vater hatte merkwürdigerweise einen Wein erwischt, er war sich nicht sicher, er schwankte zwischen Kaffee und verbranntem Toast.

„Bestimmt ein Frühstückswein!", sagte Mutter. Das war wieder falsch!

Nun mussten wir alle einen kleinen, nicht zu kleinen Schluck nehmen. „Was empfindet ihr auf der Zunge?", fragte Papa. „Ihr müsst den Schluck gleichmäßig auf der Zunge verteilen und mindestens zehn Sekunden darauf halten!" Das war jetzt aber ganz besonders schwer. Ich wollte sagen, dass ich auf der Zunge Kirsche empfinde, aber gleichzeitig sollte ich bis zehn zählen und dabei nicht den Mund aufmachen. „Dann runterschlucken und auf Dauer und Intensität des Abgangs achten!" Das war zu viel. Meiner ging falsch herum ab. Mutter wischte erneut.

„Na?" Papa strahlte. „Ist doch ganz einfach! Also, wie war euer Aroma?"

„Kirsche!", sagte Mutter. Wir nickten. „Und der Abgang – also ich würde sagen, ziemlich eindeutig auch Kirsche, und bei dir?"

Darauf hatte er gewartet: „Ein wunderbares Bukett, ein gaaanz langer Abgang. Man riecht, und ein Blatt Papier reicht nicht, um die ganzen Aromen aufzuschreiben, man trinkt einen Schluck, entdeckt einen anderen Geschmack, trinkt noch einen Schluck, wird unsicher über den ersten Eindruck, trinkt den letzten Schluck aus dem Glas und entdeckt schon wieder etwas Neues!"

Wir sahen ihm aufmerksam zu, wie er sprach und dabei immer wieder füllte und verkostete. „Man riecht noch einmal, und es kommen alle möglichen Erinnerungen hoch, der Geruch nach feuchtem Laub im Herbst, die Stimmung bei der Apfelernte und beim Keltern, der Duft einer frischen Schokoladentorte aus dem Ofen ...!"

„Ach Gott, der Kuchen!" Mutter stürzte hinaus. Wir mussten auch dringend nach dem Kuchen gucken.

Als wir nach einiger Zeit wiederkamen, war die Flasche leer und Papa war sich nicht sicher, ob er den Wein schon wirklich voll erfasst hatte. Aber leider gab es keine zweite Flasche mehr. „Ja, so einfach ist das mit der Önologie, der Weinkunde, nicht!", erklärte Papa. „Hat man endlich den Wein so weit, dass er schmeckt, ist er auch schon wieder weg!"

Aber er hatte auch gelernt, wie man das noch vorhandene Potenzial in einem Wein durch einen Test herausfinden konnte. Natürlich wollten wir es gern wissen! Wenn ein Wein nach einem Tag in der geöffneten Flasche oder sogar in der Dekantier-Karaffe noch gut ist oder sogar noch besser wird, dann kann man in der Regel auch davon ausgehen, dass er in der Flasche noch eine längere Zukunft vor sich hat. Das ist sicher nicht so, wenn ein Wein quasi schon sichtbar nach ein bis zwei Stunden im Glas stirbt.

Leider sahen wir Papa von da ab öfter mit betretenem Gesicht durch die Wohnung schleichen. „Was ist, Mama, ist Papa sauer auf uns?" Einen guten Grund gab es dafür immer! „Nein, psst", flüsterte Mama, „psst, der Wein stirbt!" Wir huschten den Rest des Tages auf Zehenspitzen herum. Armer Papa, der Wein starb, und er hatte doch noch elf Flaschen von der Sorte!

Zu einem späteren Geburtstag bekam Papa dann von Mama den Kursus „Sensorik für Fortgeschrittene" geschenkt. Als er zurückkam, erklärte er uns, dass er nun sozusagen als Fachmann größere Weinproben durchführen und von nun an beim Verkosten auch den Wein ausspucken würde. Bisher hatte er ihn immer gern heruntergeschluckt. Aber bei einer größeren Weinverkostung wäre das wohl zu viel. „Papa, wenn du zu viel Wein trinkst, bekommst du dann einen Weinkrampf?", fragte der kleinste Bruder. „Nein, nein", antwortete Papa beruhigend, „ich nicht, eher Mama!"

Auf jeden Fall lief die Probe jetzt nur mit Mama und Papa ab, d. h. Mama stellte die nummerierten Flaschen auf den Tisch und deckte die Etiketten ab, damit Papa blind probieren konnte. Weil sie ihn aber schon lange kannte, verband sie ihm auch noch die Augen. Er guckte, schnüffelte, schlürfte, kaute, belüftete, spuckte und machte sich auch Notizen. Ja, man musste eine Reihe von Weinen probieren, um sich die richtige Urteilskraft anzueignen. Das Weinverkosten beruht eher mehr auf der Praxis als auf natürlicher Begabung.

Nachdem sich die beiden bei der nächsten Verkostung nicht über die Augenbinde einigen konnten, schenkte Mutter ihm zum nächsten Geburtstag ein Blindverkost-Kästchen, ein Kästchen mit vierzig kleinen Fläschchen, die Geruchsproben typischer Weine enthielten. Das war eine praktische Sache: Sie konnte in Ruhe Kuchen backen, und er konnte nun so immer mal zwischendurch beim Fernsehen seine Nase durch das Riechen von Kirsche, Banane, Apfel, Leder, Rose usw. eichen, ohne auf Mutters Hilfe angewiesen zu sein.

Außerdem bekam er von Mama ein paar ganz dicke, feste Schuhe und einen Gutschein für ein Seminar mit dem Titel „Von der Traube bis zum Keller". Wir Kinder hatten für ihn ein wunderbares Buch gefunden: „Handbuch zum Weinselbermachen". Wir waren Feuer und Flamme, aber Papa reagierte etwas zurückhaltend. Er hat nie nach diesem Buch gearbeitet, dabei standen so interessante Einzelheiten darin. Man brauchte nur einen großen sauberen Kochtopf, in den man die Hauptbestandteile Hefe, Zucker, Wasser und Geschmack gab, dann ging alles wie von selbst. Und was konnte man da nicht alles an Geschmack zaubern: Löwenzahnwein, Brennnesselwein, die beiden Zutaten hatten wir zuhauf im Garten. Im Frühling hätte er einen Schlüsselblumenwein herstellen können und eher zum Herbst einen Karotten- oder Petersilienwein.

Im Laufe der Zeit lernte Papa viele andere nette Weininteressenten kennen. Die Verkostungen wurden immer schwieriger und dauerten immer länger, sodass man sogar zwischendurch einen Reparaturwein trinken musste. Das hieß, nach dem Verkosten mehrerer Weine, vor allem schwerer, wurde ein leichter Wein gereicht, um den strapazierten Gaumen zu entspannen. Danach konnte das Verkosten weitergehen, denn Weinbeschreibungen sind individuelle Empfindungen, und da hilft nur eines: üben, üben, üben!

Vater hatte sich im Laufe der Zeit unglaubliche Kenntnisse angeeignet, und alle schauten ihn bewundernd an, wenn er das Glas hob und z. B. erklärte: „Was in einer Flasche Wein steckt, das sind 200 Millionen Jahre Erdgeschichte!" Gern zitierte er Hippokrates, weil er seine trotz des hohen Alters gute Gesundheit auf die medizinische Wirkung des Weines zurückführte. Mutter lächelte liebevoll; sie, die nie Wein trank, erfreute sich auch bester Gesundheit.

Vater liegt inzwischen auf einem kleinen, gemütlichen Friedhof. Das Grab ist bedeckt mit großblättrigem Weinlaub, das sich im Herbst rötlich färbt und seine Ranken um den großen Grabstein in Form einer Weinflasche schlingt, auf deren Etikett zu lesen ist: Die Reben waren sein Leben!

32. STEINREICH

Eigentlich hatte Milly nur nach dem Weg fragen wollen, aber jetzt stand sie in dem kleinen Laden und konnte sich kaum satt sehen. Solche Steine hatte sie als Kind gesammelt, längst nicht so glänzend und viel kleiner, dafür aber waren sie kostenlos gewesen, als Beilage in der Tüte, die bei jedem Frühstück auf den Tisch kam. Ein Jahr lang hatte sie damals eisern die ungeliebten Haferflocken gelöffelt, bis die Firma ihre Beilagen auf kleine Plastiktierchen umstellte.

In Erinnerungen versunken ergriff Milly einen dunkelgrünen, glatt polierten Stein. Er lag kühl und angenehm in ihrer Hand. „Das ist ein Malachit, ein Handschmeichler!" Ein älterer Herr tauchte hinter dem Tresen auf und schlurfte in ihre Nähe. „Wunderschön", sagte sie und überlegte, wo sie in ihrer Wohnung wirkungsvoll ein paar dieser kühlen Schönheiten platzieren konnte. Vielleicht in einer Schale zwischen den Blumen, vielleicht um eine Kerze herum auf dem Couchtisch oder einfach so irgendwo hinlegen?

Sie nahm einen anderen, weiß und durchscheinend, aus einem blauen Körbchen „Der gefällt mir!"

„Er hilft gegen Daumenlutschen." Der alte Mann lachte nicht.

„Daumenlutschen?" Sie glaube, sich verhört zu haben.

„Ja", antwortete er gelassen, „alle diese Steine sind Heilsteine. Auf der Haut getragen, in der Nähe des Platzes, wo sie wirken sollen, funktioniert es am besten. Dieser hier gibt Sensiblen ein dickes Fell, oder wie wär's mit einem Mookait, er schenkt Freude an Pflichten!"

„Ja, ich nehme alle!" Milly war total begeistert.

Sie kam spät nach Hause. Ihr Gatte wartete bereits hinter der Abendzeitung. „Guck mal!" Milly ließ die farbigen Steine glückstrahlend auf den Tisch rollen. „Was ist das denn?" Paul tauchte aus den tiefsten Tiefen eines internationalen Finanzskandals auf. „Sieh mal, dieser Stein!", rief sie, während sie seinen Fuß aus dem Schuh zog und flink seine Socke vom Fuß entfernte. Er wusste nicht, wie ihm geschah. „Baryt ist gut gegen Fußpilz, hat der Verkäufer gesagt" Sie klemmte den rosafarbenen Kristall zwischen seine Zehen. „Au", er wedelte abwehrend mit den Füßen, „bist du jetzt total verrückt geworden?"

„Und dieser", sie ließ sich durch seinen Protest nicht die Begeisterung nehmen und stopfte einen glatten schwarzen Onyx in seinen Hausschuh, „dieser ist gegen kalte Füße."

„Du hast wohl nicht alle, lass mich in Ruhe mit diesem Quatsch!", schrie er aufgebracht und schleuderte den Hausschuh samt poliertem Stein haarscharf an der schwiegermütterlicherseits vererbten Stehlampe vorbei, um nur einen Augenblick später wieder in dem unerhörten Wirtschaftsvergehen zu versinken.

Sie trug seine Ablehnung mit Fassung, obwohl sie eigentlich ein bisschen pikiert war. Warum sah er nicht die hübschen Farben und Formen, die sie so entzückten, und dann waren da doch auch noch die Heilkräfte! „Männer", murmelte sie und ordnete vorerst die Steine in ein kleines Schälchen. Dann rief sie ihre Freundin an, von der sie hoffte, dass sie sie verstehen würde.

Natürlich verstand sie, Freundinnen verstehen immer und erzählen manchmal von so vielen Wehwehchen und Beschwerden, dass man gemeinsam beschloss, Milly müsse dringend am nächsten Tag wieder zu dem kleinen Laden fahren.

Diesmal war sie vor Paul wieder zu Hause. Er fand sie hochzufrieden in ihrem Wohnzimmer sitzen, um sich herum ausgebreitet Berge von kleineren Steinchen und größeren Kugeln.

„Um Gottes willen!", rief er entsetzt und fegte einen blumenkohlgroßen Salzkristall und einen dolchartigen Feuerstein von seinem Lieblingssessel, „wird das noch schlimmer?"

„Und was ist in dem Sack dort?", fragte er mit zusammenge-
kniffenen Augen.

Sie küsste ihn beruhigend: „Ach gar nichts, nicht so wichtig!"
Dann erzählte sie eilig von ihrer Freundin, für die sie so viel
mitgebracht habe. Sicherlich hätte sie ihn verschreckt, wenn
er gewusst hätte, dass sich in dem Sack vier Kilo verschiede-
ner Steine gegen Übelkeit befanden, die sie sicherheitshalber
auf die nächste Segeltour mitnehmen wollte.

„Oje, schon so spät, wir müssen uns für die Cocktailparty
zurechtmachen!" Er rannte Richtung Kleiderschrank „Hast
du das vergessen?"

„Natürlich nicht", antwortete sie voller Inbrunst, während
sie innerlich über ihre Vergesslichkeit erschrak. Zum Glück
hatte sie den Achat mitgebracht, der dies zukünftig verhindern würde, genauso wie eine unerwünschte Schwangerschaft.
Eigentlich wollte sie Paul noch erzählen, dass sie deshalb nun
die Pille abgesetzt hatte, aber irgendwie hatte sie das Gefühl,
dass noch ein günstigerer Zeitpunkt dafür kommen würde.

Die Party war schon in vollem Gange, als sie eintrafen. Man
bot ihnen ein Gläschen Sekt zur Begrüßung an und sie wech-
selten ein paar Worte mit dem Gastgeber. Dann standen sie
allein und sahen sich um. Millys Blick fiel auf eine blasse Frau
mit tiefen Augenringen, die um den Hals eine Kette mit einem
hübsch eingefassten Stein trug. „Guck mal, die!" Sie stieß ihren
Mann kräftig an. „Die da hinten hat Nierenprobleme, sonst
würde sie keinen Smaragd tragen." Paul sah sie tadelnd an.

„Und die", sie zerrte aufgeregt an Pauls Hosenbein, „die trägt
einen lilafarbenen Stein gegen Damenbart, hat aber noch nicht
geholfen, und der dort mit den Steinen im Manschettenknopf,
der hat eine Analfissur!"

„Kannst du nicht über etwas anderes reden?" Ihm war das
peinlich. „Wenn das jemand hört!"

„Na und?" Sie schielte durch die Menge, um andere Steinträ-
ger zu erkennen. Oh, war das spannend! „Die mit der Turma-

linkette hat Menstruationsbeschwerden, und Frau Schmotz-ki da hinten mit dem roten Jaspis, die hat Blähungen, haha, habe ich immer schon vermutet!"

„Hör auf", zischte er, „der da mit der großen Nase hat auch ein Kettchen um aus schwarzem Turmalin, der wird ja wohl keine Menstruationsbeschwerden haben!" Er lachte betont heiter, um ihr zu zeigen, was für einen Unsinn sie redete.

„Nein, natürlich nicht, der soll auch vor negativen Angriffen wie Computerstrahlen oder Handystrahlen schützen und ach ..."

Ein schlanker, wieselartiger Herr näherte sich ihnen: „Guten Tag, gnädige Frau!" Er zog ihre Hand zum angedeuteten Handkuss an seinen Mund.

„Guten Tag, Herr Porzel!" Milly starrte auf seinen Ring „Ein schönes Stück, schützt vor Mobbing, so einen solltest du auch tragen, Paul!"

„Jetzt ist aber genug!" Paul packte sie unauffällig am Arm und zerrte sie ein wenig nach hinten, doch sie erhöhte einfach ihre Lautstärke. „Ach, Herr Porzel, ich sehe gerade Ihre mahagonifarbenen Manschettenknöpfe mit den kleinen Einschlüssen, wie geschmackvoll!" Er lächelte geschmeichelt. „Obsidian!"

„Jaja", Milly nickte, „einfach wunderschön, aber es tut mir wirklich sehr leid für Sie, dass Sie sich mit einem Bandwurm herumplagen müssen!" Herr Porzel zuckte ertappt und wurde knallrot. Paul auch. Er nickte Herrn Porzel entschuldigend zu und schob Milly sehr bestimmt und innerlich wutentbrannt zum Ausgang. Dort bestiegen sie ein wartendes Taxi und sprachen den ganzen Abend kein Wort mehr miteinander.

Am nächsten und übernächsten Tag sah sie Paul nicht, weil er gleich nach der Arbeit in der Eckkneipe nebenan verschwand. Den Abend darauf blieb er zu Hause. Sie schob es auf die Wirkung des weißgrau geäderten Steines, den sie zur Kräftigung ihres Charmes und ihrer Ausstrahlung in jedem BH-Körbchen trug.

„Was ist das", fragte er entsetzt, als er die Küche betrat, die sie bis in den letzten Winkel mit Gefäßen voll gestellt hatte, die offensichtlich, jedenfalls so weit er sehen konnte, mit Steinen und Wasser gefüllt waren. „Mineralwasser", sagte sie, „die Steine müssen in dem Wasser ziehen. Ich bereite unser eigenes Mineralwasser zu, möchtest du mal probieren? Ich habe verschiedene Sorten. Welches Problem hast du heute?"

„Lispeln und vorzeitige Wehen!", schrie er, knallte die Haustür hinter sich zu und tröstete sich mit ein paar Bierchen nebenan in der Eckkneipe.

Am darauffolgenden Morgen klaubte Paul die braunen Tigeraugen gegen falsche Freunde aus seinen edlen Jacketttaschen und schleuderte sie gegen die aufs höchste erstaunte Nussbaumgarderobe. Dann rauschte er wutentbrannt zur Arbeit. Ein paar Tage ging er Milly aus dem Weg. Das Einzige, was er einmal sah, war die Oma, die irgendwie klirrend im Wohnzimmer verschwand, als er nach Hause kam, und seine Katze, die einen gelben Jaspis, vermutlich gegen Durchfall, am Schwanz baumeln hatte und wie geisteskrank durch den Flur schlich. Das war der Tag, wo ihm der Wirt das Du anbot.

Milly war schrecklich unglücklich. Sie pilgerte erneut zu dem kleinen Steinladen und ließ sich dort beraten. „Er ist auch so kühl geworden, und in der letzen Zeit, da guckt er mich überhaupt nicht mehr an. Sie wissen schon wie." Der alte Herr fand das nicht schlimm, er gehörte zu der praktischen Generation, und außerdem freute er sich, dass er einen neuen Stein verkaufen konnte. Er nannte ihn kurz Erotikstein, und sie erzählte gleich voller Hoffnung ihrer Mutter davon. Oma war einfach begeistert. „Wenn das klappt", sagte sie, „musst du mir gleich Bescheid sagen, dann bestelle ich einen Karton davon für das Altersheim!"

Am nächsten Tag, als Paul bei einer geschäftlichen Besprechung seine Akten aus der Tasche nahm, fiel ein ovaler, eigroßer Stein heraus und rollte klirrend über den großen, spiegelglatten Mahagonitisch. Alle Augen starrten auf dieses ungewohnte Stück.

„Zinkblende" sagte der Buchhalter nach einer Weile des Schweigens mit schäbigem Grinsen, „soll ja erotisierende Wirkung haben."

Das anschließende Meeting fand in einer sehr gelösten Atmosphäre statt, jedenfalls für die anderen anwesenden Herren. Paul kochte vor Wut und wäre bald durchs Telefon gekrochen, als er Milly anrief. „Es tut mir ja so leid", ihre Stimme hörte sich kläglich an „aber heute Abend könnten wir uns doch so richtig schön versöhnen, Liebster. Kommst du, ja? Ich bin um sieben aus der Stadt zurück." Er knallte nur den Hörer auf.

Gegen zwei Uhr nachmittags wurde er unruhig. Was hatte sie noch gesagt? Klang gar nicht schlecht! Gegen drei Uhr beschloss er, um sieben zu Hause zu sein. Und gegen vier Uhr hielt es ihn nicht mehr hinter dem Schreibtisch. Er stürmte nach Hause, riss die Tür auf und sah gar nicht ihr entsetztes Gesicht.

„Du schon!", sagte sie gedehnt.

„Ich habe es nicht ausgehalten, wie schön, dass du schon da bist!" flüsterte er. „Komm!" Er tickte sie vorsichtig an, nichts klöterte. Er atmete auf.

„Ich", stotterte sie, „ich gehe noch ins Bad."

„Nicht nötig", gurrte er und zog sie erwartungsvoll an sich, während er ein paar Knöpfe ihres Kleides öffnete. Dann fiel sein Blick auf die linsenförmige Scheibe mit einem Loch in der Mitte, die mit Heftpflaster an ihrer Haut befestigt war. „Was ist das?", fragte er verblüfft.

„Eine Steinscheibe auf dem Sexual-Chakra", murmelte sie kleinlaut. Er riss an ihrem Kleid, dass die letzten geschlossenen Knöpfe wegratschten, dann sah er, dass sie über und über mit verschiedenfarbigen Scheiben beklebt war.

„Die Scheiben wirken besser als die Steine", sagte sie jämmerlich, „und sie klirren auch nicht und überhaupt, du wolltest doch erst um sieben Uhr kommen!"

„Jetzt ist aber endgültig Schluss, in meiner Badewanne liegen schwefelgelbe Felsbrocken, mein Wohnzimmer ist von oben bis unten voll von Obelisken und linksdrehenden Kristallen, und meine Frau ist mit Steinscheiben beklebt! Was du brauchst, ist eine Entziehungskur, ich schicke dich zur Edelsteintherapie", brüllte er mit hochrotem Kopf, „so etwas muss es geben! Du hast die Wahl, entweder die Steine oder ich!"

Milly überlegte eine kleine Weile. Sie maulte und jammerte. Dann verhandelte sie. Sie waren schon zu lange zusammen. Ohne Steine könne sie nicht mehr leben, sagte sie, und ohne ihn auch nicht. Er blieb hart.

„Wenigstens ein paar?"

Er blieb hart: „Die oder ich!"

„Wenigstens einer", sagte sie, „ich werfe auch heute noch alle anderen weg!"

„Keiner!"

„Gut, ich werfe alle weg, aber ich habe so einen schönen gesehen. Den muss ich einfach haben. Den darf ich mir dann kaufen, ja?"

„Na gut", er war ja kein Unmensch, „den einen!"

„Oder zwei?", setzte sie nach.

„Nein, auf keinen Fall!"

„Und morgen darf ich ihn mir kaufen, ja?"

„Ja, von mir aus", bestätigte er.

„Einen?"

„Ja, ja", immer fand sie kein Ende. „Der, den ich will?"

„Ja, ja, von mir aus und nicht größer als fünf Zentimeter Durchmesser!", sagte er vorsichtshalber.

Er hätte noch vorsichtiger sein sollen. Aber woher sollte er wissen, dass lupenreine Diamanten als hervorragend gegen Übergewicht und vorzeitiges Altern galten.

33. DAS VERSCHENKTE GLÜCK

In einem kleinen Winkel unseres Landes lebte ein einsamer Bauer. Außer einem Bauernhof und einigen winzigen Feldern besaß er noch ein paar Kühe. Eine Kuh, Lieselotte, war besonders hübsch, und ihre Milch schmeckte so gut, dass nur der Bauer sie trank. Er überlegte lange Zeit, warum ihm jedes Mal danach so wohl wurde, und eines Morgens, da wusste er es – er war glücklich! Es musste an der Milch liegen, denn Lieselotte fraß ausschließlich vierblättrige Kleeblätter. Da der Bauer soo glücklich war, aber keine Angehörigen hatte, mit denen er dieses Glücksgefühl teilen konnte, beschloss er, in die Stadt zu gehen und die Milch seiner Kuh an fremde Leute zu verschenken.

„Milch!" rief er, als er nach langem Fußmarsch mit seiner Kuh auf dem Marktplatz eingetroffen war. „Milch, die glücklich macht, von meiner Kuh Lieselotte", und er schwenkte auffordernd seinen Becher. Schon bald umgab ihn eine neugierige Menschenschar. „Die kommt ja direkt aus dem Euter!", rief ein kleiner Junge. „Igitt!"

„Was kostet ein Liter?", fragte eine Dame mit Kopftuch und beugte sich interessiert vor. Weil der Bauer so glücklich war, lächelte er: „Nichts, ich verschenke sie, weil ich alle glücklich machen möchte." Die Neugier der Leute verschwand augenblicklich. Die Mienen wurden abweisend. „Wenn er sie verschenkt, ist sie schlecht!", tuschelten sie. Einer rief: „Milch ist doch kein Freibier!", und ein anderer flüsterte hinter vorgehaltener Hand: „Der ist ja verrückt."

Wie der Bauer auch seine Milch anpries, er wurde sie nicht los „Na ja", dachte er, „dann versuche ich es eben im Krankenhaus. Kranke Leute können immer Glück gebrauchen."

„Ich bringe frische Milch, die glücklich macht", wandte sich der Bauer an den Pförtner. „Hä?", machte dieser und kratzte sich unschlüssig hinter dem Ohr. Dann hob er zögernd den Telefonhörer und wählte die Küche an, aber die Küche konnte die Glücksmilch nicht in ihrem Diätplan unterbringen. Daraufhin probierte der Pförtner den Professor. Dieser überlegte eine Weile, brummte und murmelte dann: „Sagen Sie ihm, solange keine offizielle Anerkennung durch die Schulmedizin vorliegt, kann ich seine Milch nicht verwenden." Der Pförtner wiederholte diese Worte und lächelte den Bauern mitleidig an: „Sie sollten mal zur Spielbank gehen, da haben Sie sicher besonderes Glück." Wenn er auch nicht genau wusste warum, so leuchtete dies dem Bauern doch irgendwie ein. Er streichelte seine Lieselotte und machte sich auf den Weg. Es war nicht weit, doch bei der Spielbank wollte man ihn nicht hereinlassen. „Es tut uns leid", sagte der Portier und musterte sie von oben herab, „wir sind ein renommiertes Haus. Ohne Krawatte kein Einlass!"

Wie der Bauer noch so dastand und an der unerwarteten Abfuhr kaute, fiel ihm ein, dass in dieser Stadt auch ein Bischof wohnte. Sicherlich hatte dieser eine Möglichkeit, die ihm anvertrauten Schäfchen mit der Milch zu beglücken.

Der Bischof lebte in einem prächtigen Haus mit einem gepflegten Rosengarten. Als der Bauer sich ihm näherte, war er gerade in die Betrachtung einer goldgelben Neuzüchtung versunken. „Diese Kuh gibt glückbringende Milch", sprach der Bauer ihn vorsichtig an. Der Bischof zuckte zusammen, und gerade als er antworten wollte, vernahmen sie beide ein deutliches „platsch-pladdera-datsch". Lieselotte sah sie unschuldig, aber sichtlich erleichtert an. Der Bischof rang nach Luft, und hastig rief der Bauer: „Wenn Sie die Milch meiner Kuh trinken, werden Sie glücklich!"

„Mein lieber Mann", schnaufte der Bischof mit einem ärgerlichen Seitenblick auf die Bescherung, „wir haben bereits vor fast 2000 Jahren den Weg zum Glück gefunden. Gehen Sie bitte, bitte gehen Sie, von mir aus zum ... zum Patentamt vielleicht. Aber bitte, gehen Sie gleich, damit Ihre Kuh nicht noch mehr anrichtet."

Der Bauer verließ eilig mit seiner Kuh den Garten und zog zum Patentamt. Dort sagte man ihm, es gäbe schon eine Firma, die für Milch von glücklichen Kühen werben würde, und er solle bloß aufpassen. „Aber ich habe keine Milch von einer glücklichen Kuh, meine Kuh gibt Milch, die glücklich macht!", rief der Bauer. Doch so viel er auch redete und redete, es gelang ihm nicht, den Beamten dieses klarzumachen. Ein Beamter verwies ihn schließlich an das regionale Fernsehen. Dort könne seine Milch zumindest bekannt gemacht werden. Und der Bauer fand diesen Vorschlag gut.

„Herein!", brüllte eine herrische Stimme, als der Bauer an die Redaktionstür klopfte. „Guten Tag", flüsterte er schüchtern, „ich habe eine Kuh ..."

„Ja, ja, das sehe ich", unterbrach ihn der Redakteur geschäftig. „Sie sind engagiert – fürs Werbefernsehen –, natürlich nur, wenn Ihre politischen Ansichten mit unseren übereinstimmen. Ihre Kuh, die müsste natürlich geschminkt werden, rote Lippen, Lidschatten, Fußnägel, das Übliche. Na, Sie wissen schon! Und Sie, schauen Sie mal nach rechts, nein nach links, nein das geht nicht! Dann nehmen wir stattdessen die üppige Blondine von neulich, am besten mit Bikini, und die muss dann auf Ihrer Kuh sitzen und ..." Der Bauer riss die Tür auf und verließ mit seiner Kuh fluchtartig den Raum. „Die werden dich nicht verderben, Lieselotte", murmelte er. Doch was der Redakteur von politischen Ansichten gesagt hatte, brachte ihn auf eine Idee. Er ging doch regelmäßig zur Wahl. Vielleicht konnte er eine Partei ansprechen, die die Milch dann verteilte. Zuerst versuchte er es bei der konservativen Partei. Aber die meinten, sie hätten selbst schon so viele außergewöhnliche Kühe. Die sozialistische Partei konnte ohne vorherige Abstimmung mit der Gewerkschaft gar nichts sagen. Und die Partei, die sich so naturverbunden gab, reagierte geradezu verschreckt: „Glauben Sie, dass uns noch einer wählt, wenn alle glücklich sind?", fragte man entsetzt.

Nun blieb dem Bauern nur noch der Weg zum Bürgermeister. Vor dem Rathaus wurde gerade der rote Teppich für einen Ehrengast ausgerollt. Diesen betrat unser Bauer mit Lieselotte und beide schritten besonders würdevoll auf das Rathaus zu.

„Geh'n Sie sofort von dem Teppich, Sie Rindvieh!", schrie ein aufgebrachter Ordner, und ein anderer sprang erregt hinzu: „Weg da, Sie Ochse, das ist nicht für Euereins."

Mühsam, aber zielstrebig gingen sie weiter. „Ich möchte zum Bürgermeister", wiederholte der Bauer unentwegt und Lieselotte ließ ein energisches „Muh" erschallen. Die Schaulustigen lachten, aber die Ordner forderten Verstärkung an. Blitzartig wurden Bauer und Kuh von Polizisten umstellt: „Hände hoch oder wir schießen!" Der Bauer guckte so verdutzt wie Lieselotte ... Inzwischen war das Spektakel bis zum Bürgermeister gedrungen. Dieser war klug und bemüht, die Angelegenheit schnell zum Ende zu bringen. „Welche Freude", näherte er sich dem Bauern, „ein Gast aus der Provinz."

„Ich habe eine Kuh", der Bauer schrie es fast, „sie gibt Milch, von der man glücklich wird. Ich möchte sie Ihnen schenken!" „Guter Mann", der Bürgermeister holte tief Luft, „haben Sie noch nie etwas vom Milchberg gehört? Verkaufen kann ich die Milch also nicht und verschenken auch nicht. Was glauben Sie, was uns das kostet? Nehmen Sie die Kuh nur wieder mit." Dann verschwand er eilig wieder im Rathaus.

Der Bauer schüttelte verwundert den Kopf. Wenn er vorher nicht so viel Milch getrunken hätte, wäre er womöglich noch traurig geworden. Aber so beschloss er, erst einmal wieder nach Hause zu gehen. Da er nach wie vor von der Milch überzeugt war, überlegte er hin und her, ob man die Menschen vielleicht zu ihrem Glück zwingen könne. Als er fast zu Hause war, traf es ihn wie der Blitz – natürlich! – er würde Lieselottes Milch einfach in die Molkerei geben.

Gedacht, getan, am nächsten Tag plätscherte Lieselottes Milch in die Milchkanne und am Tag darauf zog sich der Bauer seinen Sonntagsanzug an, um den Erfolg in der Stadt zu untersuchen. Sofort fiel ihm die Veränderung auf. Wildfremde Leute riefen ihm „Guten Tag" zu, die Kinder strahlten, aus den Kinderwagen kamen nur freundliche Schmatzlaute, und als der Bauer einen Mann fragte: „Haben Sie heute Milch getrunken?" Antwortete dieser freundlich: „Jawohl, sie war heute besonders schmackhaft", dann küsste er den Bauern einfach so auf die Wange und ging strahlend weiter.

Der Bauer war überwältigt. Ihm rollten Freudentränen aus den Augen und er rannte, so schnell er konnte, heim. Dort streichelte er liebevoll seine Lieselotte und flüsterte ihr verträumt ins Ohr: „Noch ein paar von deiner Sorte und wir könnten die ganze Welt glücklich machen!"

Hamburger Literaturpreis für Kurzprosa

34. SIE SIND DRAN!

„Ihr Hormonwert ist nicht sehr hoch", sagte der Arzt vorsichtig und betrachtete mich aufmerksam über seinen Brillenrand, um meine Reaktion festzustellen. Er hätte auch sagen können: „Meine liebe Gabi, du wirst einfach alt, hier habe ich es schwarz auf weiß!"

„Na und?", antwortete ich kess. Das konnte mich doch nicht schockieren! Ich hatte gerade erst letzte Woche meinen fünfzigsten Geburtstag gefeiert, ein Alter, über das eine Hundertjährige nur lachen kann.

„Das Leben verändert sich jetzt für Sie." Er beugte sich vor und reichte mir neben den Tabletten gegen etwaige Hitzewallungen eine kleine blaue Karte mit der Aufschrift „Alles, was Sie schon immer über die Wechseljahre wissen wollten!" Ich konnte mich nicht erinnern, dass ich je etwas über die Wechseljahre hatte wissen wollen, doch er nickte ungefragt und ich meldete mich zu der Vortragsreihe an.

Der erste Vortrag für alle neuen Wechseljahreseinsteigerinnen fand eine Woche später statt. Ich war sehr gespannt. Eine freundliche Brünette begrüßte mich und führte mich in einen Saal, in dem ungefähr zwanzig Frauen mittleren Alters warteten.

Bereits nach wenigen Minuten erschien eine Gesundheitsberaterin mit Namen Winter. Glattes Kurzhaar, gesunde graue Strickjacke, braver dunkler Wickelrock, straffe Waden über orthopädisch wertvollen Schuhen.

Sie teilte uns mit, dass sie uns erfolgreich durch unsere Menopause führen werde und wir uns jederzeit vertrauensvoll an sie wenden könnten. Dann beugte sie sich vor und sagte theatralisch: „Frauen anderer Kulturen freuen sich auf ihre Wechseljahre als Zeichen der Weisheit und Reife!"

„Oh, wie schade!", murmelte meine Nachbarin vernehmlich, „das Freuen habe ich nun leider schon verpasst!"

„Bei Weisheit", fuhr Frau Winter fort, „haben Sie vielleicht einen alten Mann mit langem weißen Bart vor Augen, aber wie zeigt sie sich nun bei uns Frauen?"

„Auch weiße Haare am Kinn", rief meine Nachbarin vorlaut, „nur weniger!"

Die Gesundheitsberaterin warf ihr einen nicht sehr freundlichen Blick zu und lächelte verkniffen: „Nun gut, lassen wir das, vielleicht können Sie mir etwas zur Reife sagen?"

„Kein Problem, ich habe ein Obstgeschäft!" Meine Nachbarin lief zur Höchstform auf: „Da gibt es Pflückreife, Klimakterium und Genussreife. Ach, und das wollten Sie uns jetzt sicherlich sagen, wie schön, dass wir bald zu genießen sind!"

Da lag sie offensichtlich daneben.

Frau Winter holte tief Luft: „Wenden wir uns nun dem Thema Kleidung zu. Ein Nickituch mit Bärchen drauf – weg damit! Ein T-Shirt mit Schmetterlingen drauf – weg damit! Der Pulli mit Perlen am Saum – weg damit! Sortieren Sie aus! Sie sind jetzt in einem Alter, in dem verspielte Kleidung out ist!"

„Warum?", fragte die aufmüpfige Früchtefrau.

Diese Frage wurde gekonnt überhört.

„Was ist mit verspielter Sexunterwäsche?", hörte ich mich fragen.

Die Obstfrau kicherte und reichte mir die Hand. „Bärbel", flüsterte sie.

„Ganz klar – weg damit!", sagte Frau Gesundheitsberaterin. „Im Alter ist eine elastische Taille wichtiger!"

Ich flüsterte ein Weilchen mit meiner neuen Freundin, bis die Dozentin uns eröffnete, dass sie uns eine Hausaufgabe geben würde: „In Ihrem jetzigen Alter sollten Sie der jüngeren Schwester oder vielleicht der Nachbarin helfen, dabei kann man viele neue Erkenntnisse für die Zukunft gewinnen. Erfahrungen kann man immer brauchen, denn wo wollen Sie sonst die Weisheit hernehmen?" Das leuchtete ein. „Also, probieren Sie es! Wir treffen uns nächste Woche wieder und sprechen dann darüber. Auf Wiedersehen!" Sie verschwand.

Die gestellte Aufgabe war gar nicht so einfach. Ich hatte nur eine ältere Schwester und die Nachbarin war eine dumme Kuh. Ich rief meine Nichte an und teilte ihr mit, dass ich sie besuchen wolle, um ihr zu helfen. Die Nichte freute sich sehr, sprach aber am Telefon etwas zögernd, fast vorsichtig, so, als würde sie denken:„Die hat wohl nichts zu tun, ach ja, die wird nun auch schon alt!"

Schneller, als gedacht, kam der nächste Vortragsabend. Frau Winter deutete munter auf mich: „Bitte erzählen Sie uns von den Erfahrungen, die Sie gemacht haben, das war die Hausaufgabe für heute!" Ich sagte, dass ich meiner Nichte weise Ratschläge beim Kauf eines Abendkleides gegeben hätte – sie nickte begeistert – und dass ich dann bei dieser Gelegenheit auch eins anprobiert hätte. Und als die dumme Verkäuferin mir beim Raufziehen des Reißverschlusses half, klemmte sie ihren Daumenverband ein. Nun kamen wir nicht mehr auseinander. Sie kreischte: „Herr Underberg, Herr Underberg!" Das war der Chef, offensichtlich ein Mann für alle Fälle. Er kam, und während sie mir ihren aufgeregten Atem in den Nacken pustete, wuselte er so desinteressiert unten an meinem Hinterteil herum, als wenn er jeden Tag eine verklemmte Oma auspacken müsse. Das war Diskriminierung und in den Laden würde ich bestimmt nicht mehr gehen Irgendwie war es nicht das, was Frau Winter hören wollte, aber ich konnte doch nichts dafür!

Dann kam Bärbel an die Reihe. „Tja", sie zögerte etwas, „ich habe nur einer Freundin geholfen. Die wollte unbedingt was erleben, und da habe ich auf der Reeperbahn, in dem Rotlichtviertel von Hamburg, den Türsteher vom Tabledance-Schuppen gefragt, ob es denn auch irgendwo Tabledance gibt, wo Männer auf dem Tisch tanzen. Er sah mich nur entsetzt an und sagte: ‚Du bist aber eine geile Paula!' und …"

„Hören Sie auf, hören Sie auf!" Die Stimme der Gesundheitsberaterin überschlug sich beinahe. „Das sollten Sie doch wirklich schon wissen, flotte Sprüche in den Wechseljahren sind out!" Bärbel schwieg verblüfft.

Nun wollte Frau Winter von den anderen keine Hausaufgaben mehr hören. Sie stellte sich hinter das Pult, beugte sich theatralisch vor und sagte:„Stellen Sie sich in dieser Zeit des Wandels Ihr Leben als ein Bild von stürmischer See vor!"

„Kotz!" Bärbel verdrehte eindrucksvoll die Augen.

„… werfen Sie jetzt voll Ihre Stärke, Ihr Wissen und Ihre Lebensweisheit in die Waagschale!"

„Welche Lebensweisheit?", murmelte ich.

„Vielleicht die: Männerhirne schrumpfen im Alter schneller als Frauenhirne, und Frauen sind intelligenter als Männer", flüsterte Bärbel.

„Und Stärke?", fragte ich.

„Meine Stärke ist das Essen!", trötete Bärbel.

Ja, das war auch meine!

„Das sieht man", sagte Frau Winter bissig und fuhr fort, „in den Wechseljahren ist man besonders lärmempfindlich und gereizt!" Nanu, wie kam sie jetzt auf einmal darauf! „… aber schon dreißig Minuten Dauerlauf steigern die Produktion körpereigener Morphine, die gereizter Stimmung entgegenwirken!"

Sollte das etwa heißen, dass alle Leute, die ich draußen jeden Tag beim Rennen beobachtet hatte, das nur taten, weil sie so schlechte Laune hatten? Und die Nachbarn mähten ihren Rasen andauernd, weil sie so viele Probleme hatten?

Die Aufgabe bis zur nächsten Woche war, jeden zweiten Tag dreißig Minuten zu laufen! „Nun", fragte Frau Winter in der nächsten Stunde, „wie funktionierte das denn so bei Ihnen?" Wieder war ich dran, ich saß wohl so günstig. „Ja, also", ich holte Luft, „ich bin losgelaufen, und an der ersten Ecke kam mir Herr Meyer, unser Nachbar, entgegen. Er hat mich so merkwürdig angesehen, als überlege er, ob ich mit meinem Mann Streit habe, und kurz danach traf ich Frau Mischke, die Schulsekretärin. Die grinste so wissend. Da habe ich das Laufen aufgegeben, muss ja nicht jeder sehen, wie schlecht es gerade um mich steht!"

Frau Winter sah mich an, als habe sie ein Wesen vom anderen Stern vor sich, und ohne den Blick von mir zu wenden, sagte sie: „Kommen wir zu den Fettpölsterchen!"

Ich verteidigte mich spontan: „Im alten Wüstenreich Saba galten Fettfalten am Hals der Frau als Schönheitssymbol!"

„Wir leben im Hier und Heute!" Sie trat energisch zu ihrem Pult und fuhr fort: „Wir werden der altersbedingten Umformung des weiblichen Körpers, bei der sich das Körperfett aus Gesicht, Hals und Busen zurückzieht und sich an Bauch und Hüften staut, entgegenwirken. Durch viel Bewegung und viel Schlaf!"

Das schloss sich meiner Meinung nach aus.

„Nachdem Männer im Durchschnittsalter von siebenundachtzig Jahren zehn Wochen lang im Fitnessstudio trainiert hatten, stieg die Muskelkraft ihrer Beine um 113 Prozent. Sie konnten mühelos Treppen steigen, schneller gehen und in einigen Fällen sogar auf Krücken verzichten."

„Na, so alt sind wir doch noch gar nicht!", murrte Bärbel.

„Nein, aber Sie möchten es werden!" Die Gesundheitsberaterin zog eine Matte aus einem Schrank, warf mit einem Ruck ihr Röckchen und ihr Jäckchen von sich und machte ohne irgendein Zeichen der Anstrengung gymnastische Übungen, die mir schon beim Zusehen den Schweiß auf die Stirn trieben. Sie dehnte, spannte, kräftigte, mobilisierte, kreiste, spreizte, streckte, katzenbuckelte und igelrollte. Zum Schluss kam der Hasensalto, und sie hatte weder einen roten Kopf noch war sie aus der Puste. Ich bewunderte sie echt. Die Hausaufgabe bis zur nächsten Woche war: jeden Tag dreißig Minuten Gymnastik. Bärbel sah mich stumm an. Das sagte alles. Ich nickte zustimmend.

„Wunderbar!" Frau Doktor war begeistert und betrachtete die Anwesenden am Anfang der nächsten Stunde zufrieden. „Es hat ja gewirkt, das sieht man, alle sehen frischer aus!" An mir und Bärbel guckte sie geflissentlich vorbei.

„Das Altern" – sie wippte auf den Zehenspitzen – „ist ein Vorgang, gekennzeichnet durch nachlassende Leistungsfähigkeit und steigende Abnutzung aller Organe und des gesamten Körpergewebes. Dadurch kommt es mehr und mehr zu Anfälligkeit gegenüber Krankheiten. Umso wichtiger ist da das Essen!"

„Ja", rief Bärbel, „auch das Futter für den alternden Hund muss schmackhaft, leicht verdaulich und im Nährstoffgehalt ausgewogen sein!"

„Na, wenn Sie alles schon wissen", sagte Frau Winter spitz, „muss ich ja nichts mehr über die Nahrung erzählen!" Dann teilte sie ein Heftlein mit hosenbundfreundlichen Rezepten aus. Anschließend bat sie noch um Aufmerksamkeit für den Wasserhaushalt. „Das Leben geht durch die Niere, das Gute und das Böse", sagte sie, „deshalb muss man viel trinken, vor allem Mineralwasser und Tee."

Jetzt konnte ich bei ihr endlich mal Punkte gutmachen. „Man kann ja auch eine Teekur durchführen", meldete ich mich.

„Hervorragend!", lobte Frau Winter und lächelte, wobei ihre weißen Zähnchen mit ihrer weißen Muschelkette um die Wette funkelten.

Meine Freundin kannte einen chinesischen Herbalisten, Kräuterarzt, zu dem machte ich mich auf den Weg. Dr. Fu Zhang fragte erst nach meiner Telefonnummer, denn er führte seine Patientenkartei wie der Pizzaservice, und dann nach meinen Beschwerden. „Wechseljahre!", sagte ich. Er guckte sehr ernst und fühlte meinen Puls. Dann wiederholte er alles am anderen Arm, zählte irgendwelche hingeschriebenen Zahlen nach irgendeinem System aus und bestätigte: „Wechseljahre!"

Sein kleines wuseliges Helferlein reichte mir eine große Tüte, in die es getrocknete Rinde, Blätter, Blüten, Zweiglein usw. gehäufelt hatte. Sie stank zum Erbarmen; damit konnte ich auf keinen Fall in den Bus steigen. Ich ging den ganzen Weg zu Fuß. Ein unangeleinter Schäferhund heftete sich begeistert an meine Fersen, und ich war froh, als ich die Haustür hinter mir schloss.

Dann setzte ich den Tee mit Wasser auf und angelte angewidert einen großen, schwarzen Käfer heraus, der dort um sein Leben zappelte. Der Tee musste zwei Stunden kochen, und als ich danach den Deckel hob, sah ich dort noch mehr schwarze Käfer schwimmen. „Einfach durchsieben", sagte meine Freundin unbekümmert. Ich dachte an meine Nieren, dass ein gesunder Darm wunderbar samtene Haut hat, und probierte ein Schlückchen der brodelnden Gesundheitsflüssigkeit. Sie schmeckte, wie sie roch.

Beim nächsten Vortragstermin fragte Frau Winter mich sogleich nach der Harmonie im Darmbereich durch die angekündigte Teekur. Als ich gerade antworten wollte, meldeten sich meine Gedärme laut und irgendwie anklagend. Bärbel konnte nicht mehr aufhören zu kichern. Ach, wie hatte ich mich doch um die Gunst der Gesundheitsberaterin bemüht! Ich ärgerte mich so, dass ich von dem weiteren Vortrag kaum etwas mitbekam.

Bärbel gab mir am Ende eine Zusammenfassung: Laut Statistik lebe man länger und sei weniger anfällig für Krankheiten, wenn man regelmäßig in die Kirche gehe. Das Beten eines Rosenkranzes sei gut für Herz und Lunge, die Andacht sorge für gleichmäßige und ruhige Atmung, die optimal für das Herz-Kreislauf-System sei. Außerdem solle man sich nach der Höhe der Rente erkundigen. „Und", fügte sie hinzu und grinste, „das nächste Mal kommt das Thema Schönheit dran, und die Hausaufgabe ist, schon mal Vitamin E zu sich zu nehmen, das Fruchtbarkeits- und Schönheitsvitamin im Traubenkernöl!" Ich verzichtete darauf, weil ich das mit der Fruchtbarkeit im Moment unpassend fand.

In der nächsten Stunde war es unruhig, die anderen waren sehr viel unterwegs. Eine Teilnehmerin reichte der anderen die Klinke zur Klotür in die Hand. Offenbar hatten sie das Traubenkernöl wegen der Schönheit literweise getrunken. Meiner Ansicht nach hatte es aber noch niemandem geholfen. Die Dozentin betrachtete uns alle missmutig. Man solle doch genauer zuhören und nicht übertreiben!

„Nun also, kommen wir endlich zu der Schönheit!" Sie lächelte wieder und betrachtete uns nach dem Motto: Schaut her, bei mir zählt sowieso nur das Innere! „Machen Sie sich täglich schön, noch schöner!"

„Für wen denn?", fragte Bärbel neugierig.

„Für sich selbst!" Frau Winter guckte etwas mitleidig.

„Auch für die Männer?", fragte Bärbel. „Darf man denn in diesem Alter noch Männer aufreißen?" Ihr Gegenüber schien irgendwie entrückt. „Aber was mache ich dann!" Bärbel gab keine Ruhe. „Ich habe doch die verspielte Sexunterwäsche nach Ihrer Anweisung schon weggeworfen!"

Frau Winter plumpste auf den Boden der Tatsachen zurück. „Also, erst einmal muss ich Ihnen sagen, dass der Sex im Alter etwas langsamer vor sich geht." Es wurde still. Zwanzig Augenpaare starrten die Wechseljahresberaterin erwartungsvoll an.

„Langsamer?" Bärbel reckte ihren Kopf. „Ein Regenwurm braucht normalerweise drei Stunden für die Umarmung, kommt das ungefähr hin?"

Frau Winter trat stumm von einem Bein auf das andere. Sie wusste es nicht. Aber zugeben wollte sie es auch nicht. Irgendwie war das kein Thema, das ihr lag. „Manchmal", begann sie vorsichtig, „manchmal sind Hilfsmittel nötig, damit es im Bett optimal funktioniert, aber warum nicht, dazu sind sie ja da. Doch manchmal funktioniert es auch ohne alles, auf klassische Weise!"

„Ha!" Bärbels Augen blitzten. „Meine Oma hatte ein altes Hausmittel: ätherisches Potenzöl! Das, sagte sie immer, stimuliert die Lust. Dazu zwei Tropfen Ingwer, schwarzer Pfeffer und ... und ..., ach, was war das noch, das fällt mir gerade nicht ein, muss ich noch mal nachfragen, na ja, auf jeden Fall mischen und auf dem Steißbein und auf den Innenseiten der Oberschenkel einmassieren!"

Die anderen Damen hatten starkes Interesse, zückten Stift und Papier und schrieben ihr eilig ihre Telefonnummer auf, damit Bärbel ihnen nach dem Gespräch mit der Oma den Rest mitteilen konnte.

Eine blonde, starkbusige Hausfrau fragte nun, ob scharfe Erotikaufnahmen von ihr schneller zum Erfolg führen würden.

„Warum nicht!" Frau Winter nahm unbewusst eine Fotomodellhaltung ein. „Egal, ob sechzig oder achtzig, eine Frau jenseits der fünfzig hat immer etwas anzubieten!"

„Ja, bitte?" Sie schaute auf eine Frau, die aussah wie ein kleines, verhuschtes Mäuschen, das am Rande eines Dorfes in einem verhagelten Getreidefeld lebte.

Das Mäuschen stand auf und fragte mit piepsiger Stimme: „Ich habe etwas gelesen über modische Schamhaarfrisuren. Es soll Friseure geben, die sich darauf spezialisiert haben. Am beliebtesten seien senkrechte Streifen, auch das Färben sei durchaus üblich. Haben Sie eine Adresse?"

Die Dozentin stammelte nur verwirrt, sie habe lediglich eine Adresse von dem Hersteller einer neuen BH-Konstruktion. Dann verteilte sie jede Menge Prospekte und Proben gegen faltenfreie Haut und ein paar Kreuzworträtsel zur Erkennung der ersten Zeichen von Altersdemenz und sagte, wir sollten uns für den Abschlussabend in der nächsten Woche ganz besonders hübsch machen, sie habe dann eine Überraschung für uns.

Ich probierte meine besten Sachen an, doch der tägliche Abendappetit hatte kleine, niedliche Rundungen hinterlassen, und ich musste mich mit einem zweitrangigen Outfit zufrieden geben. Aber meine hohen, schwarzen Schuhe passten noch, und ich stöckelte schön wie die Nacht zu meinem letzten Vortragsabend. Vor der Tür traf ich Bärbel. Sie hatte ihre Früchte in die neue, kühne BH-Konstruktion gezwängt und erschien insgesamt so üppig wie ein überladener Obstkorb. „Du siehst umwerfend aus", sagte ich, „und wie du riechst! Mein Neffe würde sagen, du riechst wie Frankensteins Oma, aber ich finde es gut!"

„Das ist *amore*, mein Lieblingsparfüm. Du kennst bestimmt die Werbung: Wenn Ihnen ein Fremder plötzlich Blumen schenkt, könnte es an dem Parfüm *amore* liegen!"

Lachend betraten wir den uns nun schon so lang bekannten Raum. Es sah ganz anders aus.

Überall standen Stehtische, ein paar Ober boten Sekt, Orangensaft und Wein an. Dezente Hintergrundmusik schmeichelte den Ohren. Frau Winter war nicht zu sehen, aber es erschien der Frauenarzt, der mir damals die Adresse in die Hand gedrückt hatte.

Er trat lächelnd in die Mitte der Anwesenden. „Herzlich willkommen", sagte er, „dies ist der letzte Abend unseres Menopausenkurses! Sie haben nun viel gelernt, zu nicht immer ...", die fruchtige Bärbel drängelte sich in die erste Reihe, und er stockte bei ihrem Anblick, „... zu nicht immer busitiven, äh, positiven Themen. Aber nicht alles in dieser Zeit ist negativ. In der nächsten Woche beginnt ein Kursus unter meiner Leitung mit dem Titel ‚Spaß im Alter'. Ich hoffe, Sie sind alle dabei!"

Eine Tür öffnete sich. Der Doktor winkte den Eintretenden zu und rief: „Auch dabei sind die Herren des ersten Andropausenkurses. Alles Gute, machen Sie das Beste daraus!" Dann warf er das Mikrofon in eine Ecke, stürzte zu den Stehtischen, raffte eilig ein paar Blumen aus den Vasen und drückte sie Bärbel in die Hand. Bärbel grinste mich an und kniff ein Auge zu.

Ich beschloss, mir in meinem nächsten Leben Bärbels Parfüm zuzulegen und gleich mit dem zweiten Kursus zu beginnen.

35. ANZIEHUNGSKRAFT

„Es ist nun einmal eine Tatsache." Sven-Simon sah ihn mit-fühlend an. „Deine Ohren sind zu groß, deine Nase steht schief und du hast nicht unbedingt die Figur eines Adonis. Du bist ein wunderbarer Mensch, aber wer weiß das schon?" Oliver saß wie ein Häufchen Elend in der Sofaecke und fuhr sich gequält durch die strohigen Haare. „Aber das Schlimm-ste ist", fuhr Sven-Simon fort, „du bist zu schüchtern. Du hast kein Selbstbewusstsein. In deinem Alter muss man schon ein wenig aus sich herausgehen, einfach irgendwie auffallen, wenn man eine Frau begeistern möchte!"
„Ja", hauchte Oliver ergeben, „aber wie denn?"
Sven-Simon zuckte mit den gut geformten breiten Schultern. „Neue Frisur, neue Klamotten und dann noch als I-Tüpfel-chen ein gutes Parfüm. Darauf stehen die Frauen heutzutage. Hast du den richtigen Duft, laufen dir alle Weiber nach!"
„Gegen Parfüm bin ich allergisch", flüsterte Oliver verzagt.
„Oh, mein Gott!" Sven-Simon erhob sich. „Na ja, wir werden schon irgendetwas finden, auf jeden Fall. Diese Zuhause-Hockerei hat jetzt ein Ende. Wir sehen uns am nächsten Frei-tag in der Disco. Bis dann!"
Oliver grübelte ein paar Nächte lang, dann nahm er sein Pro-blem in Angriff. „Wie sehe ich aus?", fragte er, als er Sven-Simon wieder traf, und seine Augen bettelten um Anerken-nung. Dieser musterte ihn sorgfältig: „Die Haare sind nicht schlecht!" Zinktabletten, dreimal am Tag eingenommen, hat-ten Olivers Pickel geschrumpft und ein paar mal Sonnenbank hatte seine normale durchscheinende Blässe in den Teint ei-ner halbgebackenen Käsetorte verwandelt. Er trug eine neue Jacke, eine passable Hose – und trotzdem. „Prima!" Sven-Si-mon lächelte mühsam. Nach ein paar Stunden und noch mehr

Cocktails gab er die Hoffnung auf. Oliver hatte sich nicht einem einzigen Mädchen zum Tanzen oder Reden nähern können. „Siehst du!" Oliver sah aus wie ein geprügelter Hund. „Es hilft nichts!"

„Vielleicht lag es doch am Parfüm", murmelte Sven-Simon matt und verdrückte sich eilig.

Oliver nahm diesen Gedanken mit ins Bett, und am nächsten Morgen, einem Samstag, begab er sich in die Innenstadt, um eine exklusive Parfümerie aufzusuchen. Zögernd betrat er den chrom- und spiegelblitzenden Laden. Schmuckbehängte Verkäuferinnen lehnten lässig elegant an den geschliffenen Glasvitrinen. Man wartete auf ihn. Musterte ihn. Eine Weißblonde mit hoch getürmten Locken gab sich einen Ruck, dass die umgehängten Goldketten rasselten, und stöckelte energisch auf ihn zu, klappte Beifall heischend ihre schwarz-blau geschminkten Augenlider herunter und flötete von oben herab: „Was kann ich für Sie tun?" Oliver starrte sie an. Ihm fiel plötzlich ein, dass er seinen neuen Slip im Schlussverkauf als Sonderangebot gekauft hatte, und er fühlte sich furchtbar elend. „Ja, ich weiß nicht so genau", entfuhr es ihm „ich war noch nie in einer Kondomerie!" Oh Gott, was hatte er gesagt! Sein Kopf stand in Flammen. „Parfümerie!" Die Blonde beugte sich mitleidig lächelnd vor, als habe sie es ja gleich geahnt. „Sie möchten ein Parfüm?" Er nickte. „Neuheiten oder Klassiker? Herausforderung oder Aufforderung?" Er schwieg aus Scham vor seiner Unwissenheit. Da packte sie mit kralligen, schwarz-roten Fingernägeln seine zitternde Hand und hielt ihm mit ihrer anderen ein viereckiges Gefäß entgegen. Es erinnerte ihn an eine veredelte Hundefutterpackung. Sie zupfte den Deckel gekonnt ab und ein männlich markanter Duft quoll ihm entgegen. „For määän", hauchte sie. Der erste Tropfen, von dolchartigen Fingerspitzen zart auf seinem Handrücken verrieben, biss sich an der unschuldigen Haut fest, und diese protestierte mit kreischender Röte. „Oh", murmelte sie pikiert und griff routiniert zu einem anderen Gefäß.

„Morphium, auch for määään!", sagte sie. „Morphium wird in der Medizin als Schmerzmittel benutzt!" Trotz dieses Betäubungsmittels reagierte seine Haut hektisch. Die Verkäuferin lächelte unfroh. „Ich habe noch etwas." Sie hüstelte. „Es heißt ‚Kamikaze'. Wer sich in diesen Duft hüllt, schlüpft sozusagen in eine Ausstrahlung von forschem Übermut und kraftvoller Überlegenheit, während er die spritzige Frische von Preiselbeeren gemischt mit halbrohen Pflaumen verströmt." Oliver nieste explosionsartig.

Sie griff genervt nach einem Flakon mit sinnlicher Form und einem gelbgoldenen Kragen. „Wilder Hase", sagte sie, „dieser Duft verwandelt den Tag in die Nacht, eine herbe Komposition aus Bourbon-Vanille und Johannisbeeren. Essenzen, die Kraft, Größe und Unsterblichkeit ahnen lassen." Der Duft traf ihn wie ein Hieb, er riss das Asthmaspray aus seiner Hosentasche und stürmte schwer atmend ins Freie. Niedergeschlagen trottete er zum Bahnhof. Die Bahn war gerade weg. Natürlich. Er schaute ein wenig hin und her, dann schlenderte er zu einem Backshop, aus dem es verführerisch roch. Die lange Schlange störte ihn zuerst nicht, doch am Ende packte ihn die Unruhe. „Vier Berliner!", rief er mit einem Blick zur Uhr. Die noch warmen Kuchenstücke stopfte er im Laufen in die Jackentasche und sprang zusammen mit einem jungen Mädchen im letzten Moment in die Bahn. Das Abteil war ganz leer, er ließ sich auf einen Sitz fallen und verschnaufte. Das junge Mädchen verweilte einen Augenblick an der Tür, sah sich suchend um, wie um sich von all den freien Plätzen den besten auszusuchen. Dann setzte es sich – direkt eng neben Oliver. Er hielt die Luft an. „Sie riechen so gut, welches Parfüm benutzen Sie?", fragte sie ein wenig verschämt. Oliver erstarrte, er konnte doch nicht „frischer Kuchen" sagen! „Mmmh", murmelte er nach einer Weile verlegen, während er heimlich die duftenden Berliner in seiner Tasche befühlte, „ich glaube, die Grundessenzen sind Johannisbeere und Bourbon-Vanille." Das Mädchen schloss zufrieden die Augen.

Abends rief Sven-Simon an und fragte, ob er wieder mit ihm in die Disco gehen würde. Er gab nicht gerne auf. Seine Stimme klang allerdings nicht besonders einladend. Oliver sagte jedoch in Erinnerung an sein Bahnerlebnis freudig zu. Er hatte ja noch ein paar Stunden Zeit, um sich vorzubereiten. Was dort gut angekommen war, würde sich sicher wiederholen lassen. Eifrig holte er das Backbuch aus dem Regal, das ihm seine Mutter vererbt hatte. Mürbeteigplätzchen, aha! Na, die müssten ihm doch gelingen, oder? Er hatte zwar nur einen Ausstecher in Schweinchenform, aber das war kein Hindernis. Seine Wangen glühten und bald erfüllte ein wunderbarer Duft nach frischem Backwerk den Raum. Gerade rechtzeitig. Oliver fingerte sein Pflasterpäckchen aus einer Schublade und klebte sich zwei der knusprig braunen und gut warmen Schweinchenplätzchen auf die Schultern. Ein Schweinchen stopfte er noch in den Mund, dann schlüpfte er vorsichtig in Hemd und Jacke, um sich in das Nachtleben zu stürzen.

„Gute Laune heute?" Sven-Simon klang etwas zurückhaltend, gab ihm aber trotzdem einen freundschaftlichen Hieb auf die Schulter. Ein Schweinchen knackte und Oliver schloss entsetzt die Augen.

Grelle Laserblitze zerrissen das Dunkel und zeigten ihnen den Weg zu einem günstigen Stehplatz. „Ich hol uns was!", schrie Sven-Simon. Oliver hoffte inständig, dass ihn ein Mädchen erschnuppern würde. Er fühlte sich wie ein Geheimnisträger und mindestens zwanzig Zentimeter größer und breiter als sonst. Zufrieden sah er sich um und trat dabei unbeabsichtigt einen Schritt zurück. „Oh, Entschuldigung!" Er fuhr herum. „Habe ich dir wehgetan?", stammelte er. „Ein wenig", hauchte sie mit schmerzverzerrtem Gesicht und massierte ihr

Schienbein. „Darf ich dir etwas zu trinken anbieten, sozusa-gen als Wiedergutmachung?" Sie sah ihn durch ihre farblosen Brillengläser an. Ein vom Abdeckstift betupfter Mitesser zog sich vorwurfsvoll in die Breite, als sie lächelte. „Gern!"
Es hatte funktioniert! Was nun! Oliver schaute wild um sich.
„Mein Freund bringt gleich etwas mit. Übrigens", er straffte vorsichtig seine Brust, „ich heiße Oliver."
„Waltraud", flüsterte sie und strich sich verschämt die stumpf-gelben Haar aus dem Gesicht.
„Sven-Simon, mein Freund ..." Oliver brach ab und sandte einen Hilfe suchenden Blick in die Gegend. „Bist du oft hier?", fragte er dann. Sie schüttelte vorsichtig den Kopf. Er sah im Laserlicht ihre blassblauen Augen und die großen, dunklen Pupillen, die sich hoffnungsvoll auf ihn richteten.
Sven-Simon erfasste sofort die Situation, als er zurückkam, überließ ihnen sein Getränk und verschwand wieder. Sie nipp-ten traumverloren und sahen sich dabei, so tief es ging, in die Augen. Die langen, süßen Momente wurden nur unterbro-chen durch das Jucken der Kekse auf seiner nackten Haut.
„Wollen wir tanzen?", fragte er lahm. Sie schüttelte wortlos den Kopf. Er war sehr erleichtert. So standen sie eine Weile schweigsam inmitten des Trubels. „Darf ich dich für morgen zum Kaffee einladen?", fragte er mutig. Sie nickte. So einfach war das. „Um vier im Citypavillon?" Sie nickte wieder, dann gab sie ihm ihre schlaffe Hand und wandte sich zum Gehen.
Sein Herz jagte. Welch ein Glück!
Er schlief die ganze Nacht nicht, und am nächsten Tag berei-tete er sich mit Hochtouren auf sein Treffen vor. Nichts durf-te schiefgehen. Er wusste, es war seine Traumfrau und sie durfte um keinen Preis abspringen. Bevor er seine Wohnung verließ, betrachtete er sich im Spiegel. Er hatte sich unter das Hemd frischgebackenen Puffer mit Rosinen und Sukkade geschoben. Der dunkelblaue Wollpullover verbarg die Wölbung, ließ aber den Duft angenehm durch die Maschen strömen. Nur die

Apfeltaschen in seiner Achselhöhle waren etwas unbequem. Jetzt aber schnell, er hastete zum Treffpunkt.

Auch sie hatte sich offensichtlich beeilt. Ihre bleichen Wangen hatten rote Flecken. „Hallo!" Sie rang so nach Luft wie er. Auch sie roch gut, wonach fiel ihm nicht ein. Er wusste nur und sie wohl auch, dass sie sich zueinander unglaublich hingezogen fühlten. Es war, als habe der Blitz eingeschlagen.

Sie bestellten Marzipantorte, aber noch vor dem ersten Bissen beugte er sich steif zu ihr hinüber und küsste sie auf die Wange. Sie kam ihm vorsichtig entgegen, sodass sich auch die Münder treffen konnten. Als die Torte aufgegessen war, hatten sie vereinbart, jeder in dem Wissen, diesen unerwarteten Schatz hüten zu müssen, so kurzfristig wie möglich zu heiraten. Eine stille Hochzeit im engsten Bekanntenkreis, und, Hauptsache schnell!

Er lief wie auf Wolken, kaufte einen schwarzen Anzug und den aus guten Gründen eine Nummer größer, orderte Pfarrer, Kirche, Restaurant. Da er keine weiteren Angehörigen mehr hatte, sagte er nur Sven-Simon und ein paar Freunden Bescheid. Sven-Simon konnte es nicht glauben. „Wie hast du das geschafft?", fragte er fassungslos. Oliver schwieg geheimnisvoll.

Als der große Tag begann, rüstete er sich mit Bedacht, denn er wollte nun kein noch so kleines Risiko mehr eingehen. Zum letzten Mal wühlte er das Backbuch durch. Es hatte alles so seine Vor- und Nachteile. Diesmal entschloss er sich für Mandelbutterkuchen, weil der sich seiner Meinung nach gut formen ließ. Er modellierte kunstvoll breite Schultern und sehnige Muskeln, polsterte auch den Rücken und natürlich wieder die Brust. Sein Hochzeitshemd bestand aus reiner, dicker Baumwolle, die nichts durchscheinen ließ. Da er bei seinem letzten Arztbesuch in einer Frauenzeitschrift gelesen hatte, dass Frauen auf knackige Herrenpopos stehen, peppte er auch dort seine faden Rundungen auf. Dann war er bereit für den großen Augenblick.

Sie sah bezaubernd aus. Ihre großen Brüste hoben und senkten sich aufgeregt unter der dichten, kunstvoll gehäkelten Spitze. Die hochgesteckten stumpfen Haare schlängelten sich nervös um das mit künstlicher Bräune versehene Gesicht, bereit, jeden Augenblick ihre ungewohnte Position aufzugeben. Das linke Auge zuckte hingebungsvoll.

Sie lächelte und für ihn war sie die schönste Braut der Welt. Nach dem Verlassen der Kirche zog er sie schüchtern an sich. Zum ersten Mal. Er fühlte ihre Brüste, einen nie gekannten wunderbaren Zwillingsdruck, der sich jedoch plötzlich veränderte, ja, sich bewegte. Abwärts. Er blickte in ihre weit aufgerissenen Augen. „Die Quarkbällchen", entfuhr es ihr. Er schaute sie ungläubig an. Sollte sie? „Geliebte", hauchte er und schob sich unauffällig den in der Hose verrutschenden Butterkuchen zurecht. Zwei große Tränen kullerten aus ihren Augen.

Sie senkte den Kopf und bemerkte die aus seinem Hosenbein rieselnden Mandelplättchen. Ihre Blicke trafen sich, die Blicke von Verschwörern. Sie gaben sich glückselig die Hand und rannten übermütig zum wartenden, über und über mit Blumen geschmückten Fahrzeug, hinter sich eine Spur aus wohlriechenden Krümeln lassend, die sich selbstbewusst mit ein paar duftenden Blütenblättern aus ihrem Hochzeitsstrauß auf dem Boden vermengten.

36. STIELAUGENPHOBIE

„Und hier sitzt normalerweise Karsten", sagte Marius, mein neuer Kollege. „Er ist ein gaaanz Netter, aber psst ...", er beugte sich hastig vor, denn das Geräusch herannahender Schritte erreichte unsere Ohren, „man muss bei ihm vorsichtig sein, er hat eine Stielaugenphobie!"
Ich begrüßte Karsten freundlich und bemühte mich, ihn dabei nicht anzusehen. Außerdem vermied ich, während des Tages in seine Richtung zu gucken, selbst als er abgrundtief seufzte. Marius hatte es auch gehört. „Seine Funkie hat Löcher", flüsterte er mit bedeutungsschwerem Gesicht. „Ach", murmelte ich mitfühlend, obwohl ich nicht wusste, was eine Funkie war.
Am nächsten Tag kam Karsten erheblich verspätet zur Arbeit. Er hatte einen hochroten Kopf und schmiss sich hektisch auf seinen Bürostuhl. „Hallo, wie geht's?" Marius versuchte, das Schweigen zu brechen. Karsten hämmerte verbissen auf seiner Tastatur herum. Plötzlich wandte er den Kopf: „Ich habe gestern und heute zwei Eimer voll gesammelt und sie heute Morgen auf dem Weg zur Firma in dem kleinen Wäldchen ausgesetzt!"
Ich verstand gar nichts. „Schnecken", hauchte Marius in meine Richtung.
„Ein Eimer mit den Viechern ist im Auto umgefallen!", knurrte Karsten, trank einen Schluck Mineralwasser und schob sich eine kleine rosa Pille in den Mund.
„Ach, Schnecken." Ich vergaß meine Zurückhaltung. „Gibt's nicht auch Leute, die die zerschneiden oder salzen oder erschießen oder so? Das ist auf jeden Fall einfacher. Ich meine, ich hab so was mal gehört!"
„Tierquälerei!", schimpfte Karsten. „Außerdem haben wir Gemeinsamkeiten in der Denkstruktur. Die Gene, die bei den

Schnecken einfache Formen von Lernen und Gedächtnis steuern, spielen auch beim Menschen eine Rolle."

„Gedächtnisgeeen?" Marius zog das Wort ungläubig in die Länge. „Ich hätte höchstens gedacht, dass wir das Lahmarschgen gemeinsam haben oder das Ich-schlepp-immer-alles-mit-Gen!"

„Was ist mit dem Fressgen?", fragte ich.

„Richtig!" Marius strahlte Karsten an. „Hast du nicht gesagt, wir sollen am Donnerstag zum Grillen zu dir kommen?"

Karsten hatte von seiner Oma vor Kurzem ein kleines Häuschen mit etwas Land drum herumgeerbt, das vorwiegend mit Büschen und kleineren Stauden bepflanzt war. Auf einem Stück Rasenfläche hatte er seine Grillutensilien ausgebreitet und servierte uns am späten Nachmittag erst mal ein schönes Bier aus dem Fass. Wir ließen uns auf ein paar alten, sorgfältig reparierten Gartenstühlen nieder.

„Hübsch hast du's hier", sagte Marius und griff in den neben ihm stehenden Hibiskusstrauch. „Findet die hier auch!" Karsten wurde rot und versuchte, ihm die dicke Schnirkelschnecke mit dem großen Häuschen aus der Hand zu nehmen.

„Reg dich nicht auf", Marius guckte ihn treuherzig an, „ist doch ganz einfach, ich mache dir aus einer Landschnecke eine Flugschnecke, vom Kriecher zum Individualisten." Dann schleuderte er das Tier in den Nachbargarten. „Bringt nix", murrte Karsten, „habe ich schon ausprobiert, die blöde Nachbarin wirft alle wieder zurück. Ach, guckt euch nur um, alle Blumen haben Fraßschäden!"

„Der Fingerhut hier hat nichts. Da scheinen sie nicht ranzugehen. Pflanz doch einfach alles voll mit Fingerhüten!", schlug Marius vor. Karsten winkte ab: „Bringt auch nix, der Fingerhut enthält Digitalis, und das fressen sie mit Sicherheit gezielt, wenn sie alt sind und Herzprobleme haben."

„Möchte auch mal wissen, wozu Schnecken eigentlich gut sind", murmelte Karsten trübe. „Futter für Feinschmecker?", mutmaßte Marius. „Früher haben die Besitzer der Weinberge wegen der Schneckenplage Feinschmecker angeheuert, die dann die Schnecken abgesammelt haben. Daraufhin haben sich die Feinschmecker so vermehrt, dass man die armen Weinbergschnecken unter Naturschutz stellen musste.

Indische Laufenten sind auch Feinschmecker", mischte ich mich in das Gespräch ein, „die könntest du mieten! Guck mal im Internet unter Rent-an-Ent. Die Laufenten lieben Nacktschnecken, weil sie wegen ihrer schleimigen Konsistenz so gut die Speiseröhre herunterrutschen."

„Hab ich schon gehört", antwortete Karsten, „aber da, wo die mit ihren großen Füßen hinpatschen, wächst kein Gras mehr."

„Liebe Leute", begann Marius plötzlich, „da fällt mir gerade ein wahres Erlebnis ein. Im letzten Urlaub auf Sizilien, die Zartbesaiteten unter uns bitte weghören: Auf dem Markt verkaufte ein Mann lebende Schnecken mit Häuschen. Sie saßen völlig verschleimt in einem riesigen braunen Topf. Der Händler rührte ab und zu darin, und als ich vorbeikam, rief er: ‚Bene, bene!', und strich sich über seinen Bauch. Ich verzog das Gesicht und starrte angeekelt in die Schleimmasse. Plötzlich ergriff er eins der Tiere, hielt es gut sichtbar in die Luft und biss dann der lebenden Schnecke den Kopf ab!"

Die Zuhörer schüttelten sich. „Karsten, den kann ich dir bestimmt engagieren!", rief Marius begeistert. „Der kann dann einmal im Frühjahr kommen und aufräumen. Bett und die Bereitstellung von Getränken dürften kein Problem sein. Tagsüber ist er beschäftigt und Essen sucht er sich ja auch selbst. Und wenn er sich bei dir durchgebissen hat, kann er ja auch noch in der Nachbarschaft arbeiten!"

Karsten saß bleich in der Ecke und nestelte an seinem Pillendöschen.

„Ach übrigens, was ist das denn hier?", rief Marius, und tippte mit dem Fuß an etwas Helles am Rand des Rasens.

„Karsten hat vorhin ein paar Bierfallen aufgestellt, für die Schnecken", sagte ich, „weil er doch heute das Fässchen gekauft hat!"

„Oh nein, doch nicht das gute Fassbier!"

„Der Pastor gibt ihnen sogar Korn", kicherte ich.

„Korn!" Marius leckte sich die Lippen. „Gute Idee!"

„Schneckenkorn, das killt alle, die davon fressen."

„Aber dass ein Pastor so was macht", fuhr Karsten nachdenklich fort, „hätte ich nicht für möglich gehalten!" Der Pastor hat gesagt, Gott hat uns die Plage geschickt, und er hat uns auch das Mittel dagegen gegeben, aber ich weiß nicht, nach dieser Logik könnte ich auch gleich noch meine liebe Nachbarin mit dem Spaten platt machen!"

Allmählich wurde es dunkler, und die ersten Stielaugen wurden gesichtet. Jede Menge Kriechfüße schoben sich zielstrebig in Richtung der aufgestellten Bierfallen.

„Schnörkelige Schnirkelschnecken oder schnirkelige Schnörkelschnecken?", grölte Marius. „Und dann noch jede Menge spanischer Wegschnecken!"

„Sag mal, Karsten, hast du die ganze Nachbarschaft zur Bierparty eingeladen?" Karsten blieb stumm.

„Wieso heißen die eigentlich Wegschnecken, wenn sie überhaupt nicht auf dem Weg bleiben?", fragte ich.

„In Spanien ist alles anders!" Marius tanzte im Garten herum. „Kann man doch sehen. Die scharfen roten Schnecken kommen gleich nackt zur Party. Oh, guck mal, die erste ist schon ertrunken! Aber das macht nix, bei den Partys der Schönen und Reichen säuft auch immer mal irgendwer im Swimmingpool ab! – Also ehrlich!" Marius stemmte die Hände in die Taille und betrachtete die immer größer werdende Invasion. „Das ist eine richtige Ekelparade!" Das war der Moment, in dem Karsten ohnmächtig vom Stuhl rutschte.

Am nächsten Morgen kam Karsten etwas später ins Büro. Er bedankte sich umständlich mit ein paar angefressenen Blumen bei uns, weil wir alles aufgeräumt hatten. Dabei atmete er schwer und seine Hände zitterten.

„Karsten", sagte Marius eindringlich, „du musst endlich etwas dagegen tun!"

„Ich weiß", er warf schnell zwei rosa Pillen ein, „aber alles, was mir die Ärzte bisher geraten haben, hat nicht geholfen!" Er tat mir so leid. „Karsten, ich mache dir einen Vorschlag. Es gibt auf der Welt über 85.000 Schneckenarten, und die schönste davon ist für mich die Zimtschnecke. Willst du dir nicht das Leben versüßen und jedes Mal, wenn du Stielaugen siehst, zum Trost eine Zimtschnecke essen?"

„Ich weiß nicht, ob das zeitlich funktioniert." Er zog seine Stirn in Falten. „Schnecken vermehren sich viel schneller als Zimtschnecken, denn die brauchen dazu immer erst mal einen Bäcker! Aber na, vielleicht, ich kann's ja mal probieren!" Ich arbeite schon lange nicht mehr bei der Firma, habe aber von Marius gehört, dass Karsten von seiner Stielaugenphobie inzwischen geheilt ist. Er wiegt jetzt beinahe zwei Zentner und sitzt in jeder freien Minute in seinem Garten. Wenn er dann eine Schnecke sieht, wendet er sogleich mein altes Rezept an, und alle, er und die Stielaugenträger, sind einfach nur noch glücklich!

37. MEHR ALS EIN FISCH!

In dem Moment, als sie die Kaffeetasse hinstellen wollte, rutschte ihr die neue, schwere Tasche von der Schulter und knallte gegen das Tischbein. Der Ruck reichte aus, um den charmanten jungen Mann gegenüber reichlich mit Cappuccino zu versorgen und dem vollbesetzten Gartenlokal kurzfristig ein bisschen Abwechslung zu verschaffen.

„Darf ich Ihnen helfen?", fragte er amüsiert. Und ob er durfte. Sie nahm die dargebotene Serviette und betupfte ihren Bauch. Er tupfte bei sich und anschließend wischten sie gemeinsam auf dem Tisch herum, wobei sich zufälligerweise ihre Hände trafen. Sie hielten inne und sahen sich an.

„Robert Hering!" Sie schaute in meeresgrüne Augen. „Silke Kuschel" Ihre Stimme klang plötzlich belegt. Sie ließ sich fassungslos auf den Stuhl fallen und schaute ihm nach, als er sich umwandte, um ihr ein neues Getränk zu holen. So einen netten Hering hatte sie noch nie im Leben gesehen.

Das war nun alles schon fast zwei Jahre her, als Robert sie eines Abends unerwartet in ein teures Restaurant einlud und im Schein der vornehm flackernden Kerze fragte, ob sie gewillt sei, seine Frau zu werden. Sie war so überrascht und gleichzeitig begeistert, dass sie nickend aufsprang und versuchte, ihn zu küssen. Er konnte gerade noch ihr Glas erwischen, bevor es umkippte, doch ein paar vorwitzige Spritzer hatten sich bereits auf die weiße Damastdecke verirrt. „Weißt du noch?", flüsterte Silke, und dann ergriffen sie ihre blütenweißen Servietten und tupften kichernd auf dem Tisch herum. „Robert Hering!" Er verbeugte sich. Sie schaute in seine grünlichen Augen und erstarrte.

„Hering", sagte sie, „du möchtest doch nicht etwa, dass ich auch Hering heiße?"

„Das wäre doch schön, mein Schatz, und wir werden einen großen Schwarm kleiner Heringe bekommen!"

„Silke Heeeering!" Sie wälzte die Worte auf ihrer Zunge wie ein zähes Stück Tintenfisch.

„Du kannst ja noch deinen eigenen Namen hinzufügen." Er streichelte ihre Hand.

Sie zog die Hand weg. „Silke Kuschel-Hering?"

„Ich finde das nett!"

„Unmöglich!" Sie setzte sich besengerade auf den Stuhl, dann kam es.

„Du kannst ja auch Kuschel heißen!"

Robert schüttelte gelassen den Kopf. Der Gedanke war für ihn total abwegig. „Was glaubst du, wie viele Generationen von Heringen es bisher gegeben hat! Ich soll meinen Namen verleugnen? Niemals. Ich bin ein Hering und ich bleibe ein Hering, und ich verstehe wirklich nicht, was du gegen ihn hast. Er ist ein wunderbarer Fisch mit einem aristokratischen Äußeren und lässt sich auf vielfältige Art genießen, unabhängig von gesellschaftlichem Rang und Gesinnung!"

„Hering in Tunke, Hering in Dosen, Hering gemopst und dann noch die armen jungfräulichen Matjes. Noch nichts vom Leben gesehen und schon beerdigt nach Hausfrauenart – gemeiner Volkshering – oder Katerfrühstück!", murrte sie. „Wenn du doch wenigstens Lachs heißen würdest oder Hummer – wenigstens ein kleines bisschen edler."

„Das kleine, silberne Fischchen war früher das Gold der russischen Tafel, eine teure Delikatesse für den Adel. Und auch heute gibt es dort noch nette Rezepte, z. B. Hering im Pelzmantel! Das ist eine Vorspeise, da wird der Hering mit Rote Beete in ein Ei-Kartoffel-Gemisch gehüllt!"

Frau Hering! Sie sah sich im Geiste mit Rote Beete unter dem Arm und von oben bis unten mit Kartoffelbrei beschmiert!

„Stell dir vor", sie beugte sich näher zu ihm rüber, „wir sind einmal zu einem Empfang eingeladen und man stellt die Gäste vor: Harald, Freiherr von Tannenheim, dann Herrn Konsul Dr. Winterstein und anschließend den popeligen Hering und Gemahlin!"

„Vielleicht bin ich dann ja schon Professor", murmelte er. Vor ihrem geistigen Auge tauchte ein Hering im Frack mit Fliege und schwarzer Hornbrille auf. Also gut, Herr Prof. Hering und Gemahlin, aber das war auch nicht besser.

„Viele berühmte Leute trugen den Namen Hering, denk mal an Carl Gottlieb Hering, aus seiner Feder stammen viele bekannte Kinderlieder!"

„Ich kenne nur eine Fleischerei Hering in Dresden und den armen Zelthering, auf dem alle immer herumhämmern!"

„Nichts Berühmtes vielleicht, aber sie tun ihre Pflicht. Übrigens gab es Zeiten, da galt der Hering sogar als Zahlungsmittel!"

Sie sah sich in einer Boutique stehen, mit der einen Hand der Verkäuferin den gewünschten Tanga reichend, mit der anderen einen glitschigen Fisch aus dem Portemonnaie ziehend. Was war mit dem Wechselgeld? Ihre Verkäuferin zog ein großes Messer hervor und hackte sich von ihrem Hering einfach ein Stück ab. Sie bekam den nicht so wertvollen Schwanz zurück und verstaute ihn im Kleingeldfach ihrer Börse. Igitt! Sie schreckte hoch.

„Du träumst." Robert sah sie liebevoll an. „Darf ich mitträumen? Weißt du", er goss ihr noch etwas Wein nach, „früher band man das Stroh oder Papier, in das Heringe eingewickelt waren, gegen Hexerei an Obstbäume!"

„Und was machte man wohl damals mit den Frauen, die Hering hießen?", trumpfte sie auf. „Dasselbe, was man heute machen würde – ärgern! ‚Frau Hering, welches Shampoo benutzen Sie gegen Schuppen?' ‚Frau Hering, Sie riechen heute so streng!', ‚Heringe sollte man nicht aus der Dose lassen!' oder einfach nur ‚blöder Wrackhering', ‚dämlicher Rollmops'!"

„Du wirst dich doch nicht beeindrucken lassen von dem, was die Leute sagen! Der Hering ist ein hübscher, schlanker Fisch!"

„Aber deshalb muss ich doch nicht so heißen!", maulte sie.

„Deshalb nicht!" Robert bemühte sich, sachlich zu bleiben. „Die zoologische Familie der Heringe umfasst 180 Arten!"

„Ohne mich!", spottete sie.

Er ließ sich nicht beirren, es war einfach notwendig, sie zu überzeugen.

„Eine Heringsfrau ist fleißig, sie produziert bis zu 50000 Eier!"

„Das wirst du doch wohl nicht von mir erwarten!"

Er fuhr einfach fort: „Heringe sind Dauerschwimmer, tagsüber in ca. 200 m Tiefe, und gegen Abend kommen sie an die Oberfläche ..."

„... und furzen!", sagte sie.

„Wie bitte?", fragte er irritiert.

Sie grinste. „Ja, vor etlichen Jahren dachte die schwedische Marine, es seien feindliche U-Boote in ihren Gewässern. Sie machte vergeblich Jagd auf sie, bis sich herausstellte, dass die Geräusche nicht von fremden U-Booten, sondern von furzenden Heringsschwärmen stammten!"

Robert schnaufte, er schien heute etwas kurzatmig zu sein.

„Nun ja, aber du musst ja nun nicht gleich, nur weil du Hering heißt ...! Also, wo war ich denn stehen geblieben, ja, Heringe sind Wanderschwimmer!"

„Ein Hering kommt selten allein!", murmelte sie und rieb eine Stelle an ihrer Hand, die irgendwie etwas schuppig aussah.

„Ja, und im Gegensatz zu den Menschen sind die Heringe auch nach ihrem Tode noch beliebt!"

„Als Armeleuteessen!"

„Armeleuteessen! Kein anderer Fisch hat in der Geschichte so eine große wirtschaftliche und politische Bedeutung gehabt wie der Hering. Man sagt sogar, Amsterdam sei auf Heringsgräten erbaut worden!"

„Na, der Fisch hat ja auch genug davon!"

„Und er hat entscheidend zum Aufbau der Hanse beigetragen!"

„Und zu ihrem Niedergang!"

„Ja, Silke, er hat etwas bewegt, er ist mehr als ein Fisch!"
„Man müsste ihm ein Denkmal setzen!" Sie meinte es nicht einmal ironisch, sie hatte ja eigentlich nichts gegen dies kleinen, fleißigen Tierchen.
„Außerdem", er strahlte sie an, „außerdem ist mir gerade etwas eingefallen!" Sie musterte ihn erstaunt. Komisch, sie hatte bisher gar nicht gemerkt, dass er einen so deutlich vorstehenden Unterkiefer hatte und dass er seine Arme so eigenartig an den Körper legte.
„Also was?", fragte sie und lächelte.
„Liebe Silke, darf ich dir mitteilen, dass du dein Leben lang schon den Namen Hering trägst?"
„Ich heiße doch Kuschel!"
„Das schon", er mache eine theatralische Handbewegung, „aber weißt du, in Litauen und Lettland heißt der Hering Silke."
Sie bemühte sich, die Weinflasche hochzuheben. Sie brauchte jetzt einen guten Schluck, doch ihre Hände schienen zu kurz zu sein, um die Flasche richtig zu packen. Ihre Haut glänzte silbrig im Kerzenlicht, und ihre weiße Serviette glitt geräuschlos von ihrem schlanken Leib auf den Teppichboden.
„Silke Hering, du bist der schönste Hering der ganzen Welt!", flüsterte er.
Sie schwiegen eine ganze Weile und sahen sich tief in ihre meeresgrünen Augen, wobei er beinahe von seinem Stuhl rutschte. Ein paar große, glitzernde Schuppen fielen auf seinen blaugrün schimmernden Blazer. „Komm, wir gründen einen Schwarm, Frau Hering Hering!" Sie hing an seinen Lippen. „Schnell, lass uns verschwinden!" Er tätschelte hektisch ihre grauglitschige Stummelhand. Sie wollte etwas sagen, doch es war nicht möglich, die Luft entwich einfach an anderer Stelle ihres Körpers. Er nickte zufrieden, denn er hatte ihren zustimmenden Furz genau verstanden. Die Frage des Namens spielte nun keine Rolle mehr.

38. WER HAT SCHON IMMER ALLE TASSEN IM SCHRANK?

Als ich vor einiger Zeit mit dem Mann meiner Träume im Urlaub in einem gemütlichen Restaurant saß, hörte ich eine Frauenstimme, die keinerlei Widerspruch duldete, mit Bestimmtheit sagen: „Geschirrspülen ist kontemplativ. Eine Geschirrspülmaschine kommt mir niemals ins Haus!" Es war eine ziemlich dürre Person mit kurzen Haaren. Sie sah aus, als ob sie nicht mit vielen Leuten, sondern in erster Linie mit Karotten und Sellerie zusammenlebte.

„Nichts ist so wunderbar wie Geschirrspülen!" Sie knabberte hingebungsvoll an einem Salatblatt und zuzelte zwischendurch an ihrem rosafarbenen Strohhalm, der unten in ein Glas mit dicker Schokoladenpampe eintauchte. So etwas abzuwaschen, wäre für sie vielleicht der Höhepunkt des Tages gewesen. Auf jeden Fall schien sie sehr ruhig. War sie etwa betäubt von ihrer kontemplativen Tätigkeit? Konnte es sein, dass ich etwas Wichtiges verpasste, nur weil ich seit Jahren das Geschirr in einen Automaten stopfte?

Vor meinen Augen breitete sich plötzlich das Bild meiner Kindheit aus. Bei jedem Familienfest war es so, dass die Männer nach dem Essen im Wohnzimmer Skat spielten und die Frauen sich in die Küche zum Abwaschen zurückzogen. Das war furchtbar spannend, denn meine Mutter hatte acht Schwestern. Schon beim ersten Griff zur Spülbürste fing die Streiterei an. In erster Linie ging es darum, wer in der Jugendzeit unerlaubterweise welchem Verehrer wann und wo schöne Augen gemacht hatte. Erst wurde auf einer Schwester rumgehackt, dann auf der nächsten. Anschließend bildeten sich zwei Fraktionen; die ersten begannen zu heulen.

Wie gesagt, ich war gern dabei, es ging immer so hoch her, und ich lernte prächtige Schimpfworte. Am Ende, wenn der Abwasch fertig war und man sich alles um die Ohren gehauen hatte, was einem nur eingefallen war, wurde es leise in der Küche und langweilig für mich. Sie flüsterten nur noch über die im Wohnzimmer spielenden Männer, bedauerten sich ausgiebig, sagten, so ist das Leben eben, und dann waren sich alle einig und schrecklich glücklich. Aus heutiger Sicht würde ich sagen, dass das ja wohl beinahe so etwas wie eine Therapie war.

Als ich meinen Traummann heiratete, spielten und spülten wir traulich zu zweit. Aber wir hatten sowieso kaum mehr als zwei Tassen. Eines Tages kauften wir uns dann eine Spülmaschine. Alles friedliche und willige Wesen; das Einzige, wovor sie Angst haben, ist gewolfter Spinat. Was immer gewolfter Spinat ist, aber so, wie es sich anhört, würde ich mich auch davor fürchten.

Wie das Schicksal so spült: Kaum war ich irgendwann einmal vom Urlaub wieder zu Hause, da fing unsere Geschirrspülmaschine an, zu knurren und zu röcheln, so lange, bis sie überhaupt keinen Ton mehr von sich gab. Der freundliche Hausherr gab sich sehr hilfsbereit: „Sie ist meilenweit über das Leben einer normalen Spülmaschine hinaus, ich bestelle heute eine neue."

„Erinnerst du dich an die Frau aus dem Restaurant?", fragte ich nachdenklich. „Oh ja!" Er flötete mit gespitzten Lippen. „Eine Spülmaschine kommt mir nicht ins Haus, Abwaschen ist bewusstseinserweiternd und führt zur Konzentration auf geistige Inhalte! Auf Deutsch: Dreck reinigt die Seele!" Er verdrehte die Augen zum Himmel. „Du willst doch nicht etwa ohne ...!"

„Die Frau sah so ruhig und zufrieden aus, vielleicht ist etwas dran an dem, was sie sagt?"

„Eine Geschirrspülmaschine benötigt für 140 Teile ca. 80 Minuten, so schnell kannst du das nicht, und du hast 50 % mehr Wasserverbrauch beim Handabwasch!"

„Wieso ich! Ihr benutzt doch auch etwas, ihr könnt euch auch daran beteiligen! Abwaschen schafft auf jeden Fall Kommunikation, und alle haben so viele Termine, da können wir uns doch ruhig mal zum Abwaschen treffen und zusammen eine kontemplative Erfahrung machen!"

Ich setzte mich durch, denn ich war gewillt, das Geheimnis zu ergründen. Die Kinder hielten mich schlicht für verrückt. Der liebe Hausherr meinte nur, er habe gelesen, dass Frauen entspannter an einen Berg Geschirr herangingen als Männer, und daher komme er wegen eventuell zu erwartender Depressionen für den Abwasch grundsätzlich leider nicht in Frage.

Und dann, plötzlich, das hatte ich vorher so gar nicht gesehen, füllte sich die Küche mit schmutzigem Geschirr. Die Geschwindigkeit war so rasant, dass ich beschloss, nur noch abwaschfreundliches Essen zuzubereiten.

Nach einer Woche konnten wir keine Würstchen mehr sehen. Auch sonst lief es nicht so wie geplant. Wenn ich es geschafft hatte, ein Kind an den Haaren zum Abwaschen zu zerren, begann die Arbeit in motzigem Schweigen oder mit unanständigem Pöbeln, sodass ich lieber den Raum verließ. Als ich dann einmal wiederkam, stockte mir der Atem: „Was machst du denn da!", fragte ich den Jüngsten. „Dumme Frage, abwaschen natürlich!" Er ließ das heiße Wasser munter aus dem Wasserhahn plätschern und dosierte das Spülmittel direkt auf die Spülbürste, um dann irgendwie noch einen schmutzigen Teller dazwischen zu halten.

„Was glaubst du, was das kostet, so eine Verschwendung!" Er ließ sich nicht aus der Ruhe bringen. „Ich kann es auch mit in die Dusche nehmen oder draußen mit dem Gartenschlauch abspülen, und außerdem, hast du mal gesehen, wie Frau Schmotzki abwäscht?" Frau Schmotzki war nicht unbedingt ein Vorbild für unsere Familie, aber interessieren tat es mich schon. „Wie?" Er grinste siegesgewiss. „Frau Schmotzki ist der exakte Superspüler. Sie packt das schmutzige Geschirr in bis zu vier Spülbäder, einweichen, vorreinigen, hauptreinigen, klarspülen!"

„Dann kann man ja am Tag überhaupt nichts anderes mehr machen!"

„Tut sie ja auch nicht, und die braucht bestimmt noch mehr Wasser als ich!"

So konnte es nicht weitergehen. Ich gab einen Termin bekannt zum korrekten Erlernen der Spültechnik. Doch plötzlich häuften sich die unglaublichsten Dinge, meistens direkt nach einer Mahlzeit. „Der Zahnarzt hat angerufen, ich soll unbedingt kommen."

„Steffi hat sich beide Arme gebrochen, ich muss ihr in den nächsten Wochen ganztags helfen!" usw. usw. Eins musste man der fehlenden Geschirrspülmaschine lassen, sie machte unerhört kreativ.

Die Einzige, die ein wenig Zeit hatte, war Oma. Sie kam gern zum Essen. Es war richtig nett; wir standen in der Küche und werkelten vor uns hin. Plötzlich packte sie mich am Arm: „Du musst jetzt die Spülbürste in die andere Hand nehmen!"

„Aber das ist die Linke", protestierte ich, „ mit der kann ich nicht! Und was soll das?"

„Die Spülbürste muss doch gleichmäßig abgenutzt werden! Immer nur rechts, da hast du bald keine Borsten mehr auf der rechten Seite, das geht ins Geld!"

„Das ist doch nicht so schlimm, dann kaufe ich mir eine neue!"

„Ach, so ist das!" Oma schüttelte verständnislos den Kopf. „Und warum kaufst du dir jetzt keine neue Geschirrspülmaschine?" Keiner verstand mich!

Am nächsten Tag, als alle außer Haus waren, spülte ich ganz allein. Ich versuchte, mich auf geistige Inhalte, die da kommen sollten, zu konzentrieren, während ich die groben Reste in den Mülleimer kratzte und die schmalen, hohen Eisgläser betrachtete. Sie plierten sahnegestresst zurück. Ich sortierte und wartete auf eine Erleuchtung. Ich ließ Wasser einlaufen, mildes Spülmittel, so mild wie meine Stimmung, schrubbelte, plätscherte und wartete. Eine Stunde war ich nun schon dabei. Eine Stunde pro Tag? Das wären dann ja ungefähr fünfzig Arbeitstage im Jahr!

Auf einmal – ich wischte mechanisch hin und her – schienen sich meine Gedanken zu bündeln. Endlich! Ich sah vor meinen Augen filigrane Gläser und glänzende Ergebnisse – von einer supertollen Geschirrspülmaschine. Kein einfaches Rein-Raus-Rums-Modell, wie ich es zuvor gehabt hatte. Ein Modell, das alles konnte, bis auf fliegen! Mit einem supersanften Rüssel, der automatisch alle groben Speisereste aufschlürfte! Mit einem linken Arm zum Einräumen des schmutzigen Geschirrs und einem noch längeren rechten, der alles wieder in die entsprechenden Schränke räumte!

Nun konnte ich die Dürre aus dem Restaurant verstehen. Abwaschen ist in der Tat bewusstseinserweiternd, nur diese Frau war noch nicht ganz so weit damit wie ich, ich war eindeutig schneller. Ganz sicher eine Frage der täglichen Geschirrmenge!

Meine Familie ist jetzt sehr stolz auf mich. Wir halten fest zusammen und versammeln uns jeden Tag nach dem Essen in der Küche vor unserem neuen surrenden und schnurrenden Automaten. So einen, wie ich ihn mir vorgestellt hatte, gibt es zwar noch nicht, aber wir haben einen ausgewählt, der dafür bekannt ist, dass er nebenbei meditiert – zur Beseitigung von Verhaltensstörungen und zum Erhalt eines langen, gesunden Lebens!

Manuela Fux

Die Liebe, das Leben und so ...

„Die Liebe, das Leben und so ..." begleitet den Alltag zweier Freundinnen Anfang 30, die sich am Telefon über Jobs, Männer und Alltägliches in der heu-
tigen Zeit austauschen – also ganz einfach über
die Liebe, das Leben und so.
Beide leben ihr Leben selbstständig, machen ihre Fehler und werden von der ein oder anderen Entwick-
lung durchgeschüttelt, geprägt und geprüft. Auch
wenn beide Frauen sehr unterschiedliche Einstellun-
gen vertreten, so halten sie doch in allen Situatio-
nen an ihrer Freundschaft fest und stehen sich ge-
genseitig mit Rat und einem offenen Ohr zur Seite.
Zwei Single-Frauen, die sich im Leben behaupten.
Durch die lebensnahen Dialoge und die Mensch-
lichkeit der Figuren fühlen die Leserinnen und Leser
mit ihnen, erkennen sich vielleicht auch ein Stück
weit selbst wieder. Ein bisschen Big Brother und ein
bisschen Sex in the City.

ISBN 978-3-86634-513-3   Preis: 19,50 Euro
Paperback   388 S., 19,6 x 13,8 cm

Dagmar Härle

Mir reicht's!
Gegenwartsliteratur

Eine hübsche, etwas füllige, berufstätige Frau rennt, wie so viele ihrer Geschlechtsgenossinnen, einem Ideal hinterher – dem einer selbstbewussten, erfolgreichen und glücklichen Frau. Und sie weiss die Lösung: Sie muss abnehmen! Was sie nicht ahnt ist, dass diese Entscheidung ihr Leben umkrempeln wird. Die Autorin schildert auf vergnügliche Weise, wie es die Heldin des Buches schafft, den heillosen Krieg gegen ihren Körper sowie gegen sich selbst zu bewältigen.

ISBN 978-3-86634-360-3
Paperback

Preis: 14,90 Euro
327 S., 19,6 x 13,8 cm